W0221362

LA BICICLETA NEGRA

TÀNDEM
edicions

Per als meus fills Pablo i Naia, que saben que el millor llibre és sempre la vida

Títol original: *Chamádeme Simbad*
© Francisco Castro Veloso, 2009
© Editorial Galaxia, 2009
Traducció: Rosa Serrano Llàcer, 2011
© Il·lustracions: Bartomeu Seguí Nicolau, 2015
© Tàndem edicions (Edicions Bromera, SL)
Polígon industrial 1 - 46600 Alzira
www.tandemedicions.com
Disseny de la col·lecció: Estudi Paco Bascuñán
Impressió: Romanyà-Valls

1a edició: maig, 2011
2a edició (1a en aquesta col·lecció): abril, 2015
ISBN: 978-84-15554-99-8
DL: V-947-20151

EM DEIA SIMBAD

Francisco Castro
Il·lustracions de Bartomeu Seguí

TÀNDEM
edicions

CAPÍTOL 1

Un dia vaig dir al pare:

–Tens l'orella roja.

I ell em va dir:

–Paulo, deixa de dir ximpleries! En lloc d'un xiquet de deu anys sembles un bebé de deu mesos!

Que graciós, el pare! Que simpàtic! Quines coses més amables que em diu sempre!

Li ho vaig dir perquè passa tot el dia parlant pel mòbil. De vegades deixe de jugar o de veure la televisió per comptar els minuts que és capaç d'estar parlant pel mòbil sense parar. Creieu-me: és un fenomen, únic en l'espècie. La seua millor marca és de vint-i-tres (minuts, atenció!, no segons). Això va ser una vegada que li van telefonar de l'oficina i no sé a quines hores (la mare ja estava al llit, i l'avi també, i tots ens vam enfadar molt perquè no callava i era impossible dormir mentre ell parlava pel mòbil, sobretot perquè cridava com un boig: «Això no pot ser!; però si els pressupostos estan lliurats des de setembre!; vull veure-ho en la meua taula demà a primera hora!», en fi, coses del treball...). Aquella vegada va estar parlant sense parar vint-i-tres minuts seguits i uns quants segons. Però els segons no compten per a un rècord. Tan sols els minuts. Vint-i-tres. És a dir, que si sumem tot el temps que dedica a discutir pel mòbil al llarg del dia, en realitat, parla molts minuts més dels que comptabilitze. Moltíssims més. Una barbaritat de minuts.

Si hi haguera una olimpíada de parlar pel mòbil, mon pare seria medalla d'or indiscutible.

Per això li vaig dir que tenia una orella roja. Perquè era cert, no m'estava inventant res. La tenia roja com la tomaca que posa la mare als espaguetis. Roja perduda de tant de parlar pel mòbil. Roja i cuita com una nècora.

Que bones, les nècores!

Un altre dia –va ser molt divertit– li vaig agafar el mòbil. A veure què passava. Ell entrava al bany a fer les coses que es fan al bany i va deixar el mòbil a la taula del saló. La situació era estranya perquè, normalment, se l'emporta al bany. De fet, el porta tothora penjat d'un elàstic amb el nom de l'empresa, com si fóra una espècie de collaret elàstic (de vegades em pega per pensar que fins i tot dorm amb el mòbil, que es posa el pijama i es gita amb el mòbil penjat al coll, per si li telefonen durant la nit...). Així, quan va entrar al bany, vaig agafar l'aparell i el vaig amagar davall del meu llit. Hauríeu d'haver vist l'enrabiada terrible que va agafar perquè el mòbil havia desaparegut! Regirava a la jaqueta. El buscava per totes bandes. Fins i tot va renyar la mare i li donava la culpa per haver-lo perdut.

Pobre.

Ella va dir que el pare estava de psiquiatre.

No sé què significa això.

Però estava de psiquiatre, de segur.

Finalment va saber que havia sigut jo, perquè el mòbil va sonar i, és clar, seguint el so de la telefonada, va aparéixer l'aparell i ja va tenir clar qui li havia fet la broma.

–Sembles l'avi! –va cridar el pare enfurismat mentre agafava el telèfon per contestar–. Tot el dia fent ximpleries com ell! Les mateixes ximpleries que fa l'avi.

L'avi, que fins aquell moment havia estat callat, sense dir res, mentre mirava divertit la desesperació del pare a la recerca del mòbil perdut (per cert, quin títol més bonic per a una pel·li: *El pare a la recerca del mòbil perdut*, com d'Indiana Jones o alguna cosa semblant), es va posar seriós per contestar-li:

–Jo no faig ximpleries! El meu germà Bernardino mai em va dir que feia ximpleries! A Bernardino, tot el que jo faig li sembla el més normal del món!

L'avi, ja sabreu per què, parla del seu germà Bernardino a la primera oportunitat. Bernardino fa això o Bernardino diu això o Bernardino pensa això o Bernardino fa allò... Bernardino el que siga.

Fa molt de temps vaig preguntar per l'oncle Bernardino al pare (si era germà de l'avi, havia de ser oncle de mon pare i, en conseqüència, oncle meu també). Ell, molt seriós, em va dir:

–No existeix cap oncle Bernardino. Ja saps que a l'avi no se li ha de fer cas. L'avi tan sols diu ximpleries –va insistir.

El pare mira cap al mòbil sempre com si s'haguera d'escapar, o alguna cosa semblant, no ho sé, potser pensa que li poden eixir potes i fugir. Seu a veure la tele i deixa el mòbil engegat a la tauleta de vidre i el mira tothora, per veure si té missatges o si li telefonen. Jo li vaig dir:

–Però pare, si el mòbil no sona! No l'agafes contínuament. Sembles una criatura amb un joguet...

Ell no em va contestar però em va mirar amb severitat, amb aquella cara que fa quan vol que calle perquè, com ell diu, només tinc deu anys i, segons ell, no comprenc absolutament res.

Tal vegada és veritat, que no entenc les coses de la gent gran.

Que no entenc, per exemple, que el pare treballe fins a les vuit a l'oficina cada dia i que quan arriba, continuen telefonant-li per problemes de la feina. Sembla que a l'oficina no sàpien funcionar sense ell. A mi, quan acabe les classes i isc per la porta de l'escola no em telefona la mestra després a casa per posar-me més deures (només faltaria!). Però al pare, sí. Per això només pensa en el treball.

La mare li va dir l'altre dia:

–No fas més que treballar. Hauries d'apagar l'aparell quan arribes a casa. No podries oblidar aquest trastet de tant en tant?

–Saps que no puc oblidar-me d'aquest trastet que dius tu –va respondre ell molt malhumorat–. Ara les coses van bé. A l'empresa estem guanyant molts diners i si continue així el cap m'haurà d'apujar de categoria. Ara he de treballar de valent a fi de progressar.

–Bernardino no té mòbil! –va cridar l'avi des del llit.

I quan la mare anava a enviar a pastar fang als dos (al pare per no apagar el mòbil i a l'avi per parlar del Bernardino que no existeix), va sonar el mòbil i mon pare (salvat per la campana!) se'l va enganxar a l'orella, es va posar dret i va començar a passejar amunt i avall pel corredor, parlant dels seus assumptes de l'oficina. O siga: deixant que l'orella se li posara roja. Aquell dia quasi supera el rècord.

No el va superar per un minut.

En definitiva: el pare no es desentén del mòbil mai. Pot desentendre's de mi (hi ha dies que ni em mira) o de l'avi (el mateix), però no del mòbil.

Mon pare treballa una barbaritat.

Com us deia, mon pare de vegades s'oblida de la meua existència. O de l'existència de la mare i de la de l'avi. Per al pare, sovint, tan sols existeix la feina.

Però l'avi sí que ho recorda tot. L'avi repeteix moltes vegades les mateixes coses perquè no recorda que ja les ha dites. I nosaltres dissimulem com si fóra la primera vegada que ho sentim, justament el mateix que ja ens ha dit milers de vegades, una i una altra, i encara una altra més. Perquè l'avi s'oblida de tot i de vegades no coneix el pare, i això que és el seu fill i que és fàcil saber qui és perquè sempre va amb un mòbil enganxat a l'orella roja. De la mare, això per descomptat, s'oblida completament. No sap qui és i, de vegades, li diu «senyora».

Però el més curiós és que de l'únic que es recorda sempre, sempre, sempre, sempre, és de mi.

Bé, no del tot.

–Vine, Simbad –em diu Simbad encara que jo, en realitat, em dic Paulo i sóc el seu nét (però ell no ho recorda)–. Acosta'm el teu veler.

I jo faig com si pujara a un vaixell imaginari (en realitat, m'enfile al sofà del saló, sobretot quan no em veu la mare) i li dic:

–Tranquil, Capità, que ja arribe!

–Em rescataràs de les urpes d'aquests filibusters?

–Ja estic a punt d'arribar! No en deixaré ni un! Resisteix!

I sentint això, l'avi riu com un xiquet menut.

I passen coses.

Passa, per exemple, que li cau la dentadura.

O passa, per exemple, que tira alguna cosa en gesticular d'una manera tan exagerada amb els braços, com si lluitara contra els que ell anomena els filibusters i que jo, per descomptat, no sé qui són perquè, a l'escola, encara no m'han explicat res sobre ells.

Deuen ser unes bestioles de les que estudiem en Coneixement del Medi o alguna cosa semblant.

En fi, que quan l'avi i jo juguem passa de tot.

Passen tragèdies.

I quan comencen les tragèdies arriba el pare i diu que no marege l'avi, que no li «calfe el cap» (aquesta és una de les frases que més li agrada repetir-me, com si jo anara perseguint l'avi amb un llançaflames o alguna cosa semblant, cremant-li el cap) i que vaja a jugar amb els de la meua edat.

Sí. Potser és el que hauria de fer. Jugar amb els de la meua edat.

Però quasi tots els xiquets de deu anys que conec no són ni la meitat de divertits que el meu avi.

Un dia, fa molt de temps, quan era menut li vaig preguntar:

–Per què ets tan divertit, iaio? Per què m'ho passe tan bé amb tu?

L'avi em va asseure sobre els genolls i em va dir:

–Perquè tu ets Simbad el Mariner i jo sóc el Capità dels Set Mars! I perquè tu, Bernardino i jo som inseparables. Nosaltres tres som els pirates més forts i més temuts dels oceans!

Jo, com he dit, era molt menut aleshores, però no era idiota i sabia que la resposta no era encertada.

–A veure, tu no ets com els altres avis. No et comportes igual ni fas les mateixes coses.

Quan li ho vaig dir es va posar molt trist. Els ulls se li van fer com de vidre i vaig pensar que es posaria a plorar.

Em vaig espantar.

Es va quedar en silenci i al cap d'un minut, més o menys, em va contestar:

–De vegades se me'n va el cap i no recorde molt bé les coses, i ho confonc tot i se'm barregen els records. Per això els metges volen que prenga unes pastilles i ton pare em porta tantes vegades a les consultes perquè em facen proves i coses.

L'avi, després de dir-me això, em va deixar suaument a terra i es va posar dret per mirar per la finestra. Estava molt seriós. Mirava cap a fora, però jo sabia que mirava cap a un altre lloc molt llunyà.

Li vaig preguntar:

–Què mires, iaio?

–La casa de Bernardino.

Sense saber molt bé què pensar, me'n vaig anar a jugar al carrer.

Sense massa ganes perquè mentre baixava amb l'ascensor, pensant en la cara tan seriosa i trista de l'avi, vaig recordar que els pares el dia anterior encara parlaven d'una cosa anomenada Alzheimer. O alguna cosa així. Em va semblar una paraula lletja i, no em pregunteu per què, em va fer un poc de por sentir-la. Això és el que li passava, a l'avi, que estava malalt de l'Alzheimer eixe. En realitat, no sé molt bé de què parlaven. Però tot el que va ocórrer després, i que ara us explicaré, va fer que ho entenguera tot.

CAPÍTOL 2

Però l’avi no sempre juga amb mi.

Això només passa quan arriben les èpoques. Va ser el pare qui les va anomenar així. Que com que l’avi s’estava posant malalt, de tant en tant li vindrien les èpoques, èpoques difícils, va dir el pare. Que el que té l’avi està tan sols començant i que després serà pitjor i que la malaltia ha de passar per diferents èpoques. Així m’ho va dir. De vegades diu èpoques. De vegades diu fases.

En un primer moment no comprenia molt bé què volia dir-me amb tot això de les èpoques i de les fases. Després, tampoc. Ara crec que les èpoques són quan l’avi no sembla l’avi, quan jo no existisc ni amb la forma de Simbad ni amb cap altra, ni existeix ningú més de la família perquè no ens reconeix, li cauen les coses perquè ell les tira expressament, o quan es nega a alçar-se del llit, o a gitar-se.

És a dir, quan la mare està a punt de tornar-se boja.

Per això ella diu que està embogint pel vell, que ja no suporta més el vell, que està farta del vell. A mi no m’agrada que li diga *vell*. M’estime més que li diga *avi*, o *ton pare*, com jo li dic a mon pare quan parle amb ell de les èpoques de l’avi.

De vegades l’avi passa hores assegut al sofà, davant de la tele apagada, i no vol menjar ni beure ni alçar-se ni res. I ella

diu que s'està tornant boig. Altres vegades li pega per tot el contrari i no para quiet per tota la casa. I, és clar, ella encara embogeix més. Quan passa una d'aquestes èpoques, s'alça a qualsevol hora, generalment, quan tots dormim. Sembla que espere que ens adormim per a alçar-se.

Una nit es va alçar no sé a quines hores de la nit i va connectar la televisió a tota pastilla. El pare va botar com un coet fora del llit i cridant li va dir que l'apagara. L'avi va dir que Bernardino sempre li deixava connectar la televisió a qualsevol hora. La mare va tornar a repetir que anava a tornar-se boja per culpa del vell i de Bernardino. I a mi no se'm va ocórrer una altra cosa que seure al sofà, com si anara a veure la tele amb ell.

Vaig acostar-me a l'avi i li vaig preguntar:

–Què passa, Capità?

Però no em va respondre. El pare quasi el va arrossegar cap al llit, mentre li deia que si no l'obeïa i no li feia cas haurien de nugar-lo. La mare em va renyar per haver-me alçat a aquelles hores.

–Vés cap al llit, Paulo! Què fas ací? Estàs idiota?

Jo no li vaig contestar. Era allí per la mateixa raó que ells. L'avi n'havia fet una de les seues. Com quan va buidar la nevera i ho va tirar tot pel terra de la cuina. O quan es va posar a escridassar la seua imatge reflectida a l'espill.

–És per l'Alzheimer, veritat?

–Sí –va dir el pare mentre m'agafava la mà perquè tornara al llit–, és pel maleït Alzheimer.

–I és per l'Alzheimer que parla del Bernardino eixe, el seu germà?

–Sí, també és per això. Vinga, vés-te'n al llit i no em faces enfadar tu també. Demà he de treballar i no estaré en condicions si no dorm un poc.

El pare em va portar al llit i, encara que eren més o menys les cinc del matí, va fer una ullada al mòbil per si li telefonaven...

Aquest home, vaig pensar, no té remei.

L'endemà de la història de la televisió, com que estava tan esglaiat pel que podia passar (no vaig aconseguir dormir la resta de nit; jo sí que no estaria en condicions per a anar a l'escola...), vaig preguntar al pare què era això de l'Alzheimer.

–És una malaltia dels vells.

–Com que dels vells? Això vol dir que quan ens fem vells tots fem les mateixes coses rares que l'avi?

–No –em va respondre a tota velocitat mentre s'acabava les torrades a tota velocitat (sempre desdejuna a tota velocitat, sempre canta a tota velocitat, sempre sopa a tota velocitat, i amb el mòbil engegat, ja sabeu, mon pare ho fa tot a tota velocitat, és a dir, *atotavelocitat*)–. No tots els vells. Al teu avi li ha afectat i la malaltia fa que no li funcione bé el cap.

–Està boig? –li vaig preguntar tot pensant en la mare.

–No exactament.

Vaig deixar de prendre'm el desdejuni i vaig seguir el pare fins al bany. Va començar a raspallar-se les dents (*atotavelocitat*). Li vaig preguntar:

–Estarà sempre així? Té cura?

El pare, mentre es posava recta la corbata, em va explicar:

–Veuràs, Paulo: l'Alzheimer fa que el cap no li funcione com hauria de funcionar. Aquest tipus de malalts de vegades no recorden les coses, o es comporten d'una manera estranya. Si ara veus l'avi estrany és per això.

–Es tornen com xiquets? –li vaig preguntar des de la porta mentre ell anava cap a l'ascensor i mirava molt atentament cap al mòbil.

–Sí. De vegades, sí. Igual que xiquets. Vinga, obri la porta que arribe tard i encara he de fer una telefonada.

El pare se'n va anar.

Amb l'orella roja i sense explicar-me res en absolut.

Atotavelocitat.

Malgrat la rapidesa amb què la va fer, la breu explicació del pare em va servir per a comprendre algunes coses. Per exemple, que em diguera Simbad en lloc de Paulo. Perquè per a l'avi jo era com el Simbad del conte de Simbad el Mariner. I quan em deia Simbad em demanava que jo li diguera Capità, no iaio. O Barba-roja. O Barba- blava. O Capità dels Set Mars. Vaig buscar en un atles i vaig descobrir que hi ha més de set mars. Com a mínim n'hi ha deu més o menys. Però ell diu que és el capità dels set mars i a mi ja em va bé (qui deu ser el capità dels altres tres?).

L'avi es convertia en Capità, generalment, quan estàvem sols. De vegades la mare havia d'eixir a comprar o a fer qualsevol encàrrec. No sol eixir molt de casa perquè ha de tenir cura de l'avi. No ix i això la torna boja. Això es el que ella diu, ja us ho he explicat, que es tornarà boja (però no us equivoqueu amb ella: jo sé que estima molt l'avi. Hauríeu de veure-la quan li dóna menjar, amb quanta delicadesa i amb quanta paciència ho fa. Perquè l'avi, quan passa per una de les seues èpoques, a la millor no menja i tanca la boca, i diu que vol caramels o pastissos, i la mare amb molta delicadesa i amb molta paciència, li va parlant a poc a poc mentre li va posant el menjar a la boca perquè així s'alimente un poc. Com als bebés. Per això l'avi està tan prim i té una planta tan estilitzada). La mare diu que no ens vol deixar sols per si de cas. Jo li dic que se'n vaja, que jo puc cuidar perfectament l'avi, però ella diu que no, que es queda a casa. Tanmateix, alguna vegada, no té altre remei que eixir.

I així, quan ens quedem sols l'avi i jo ens convertim en Simbad i en el Capità o en Simbad i el Capità dels Set Mars o en Simbad i Barba-roja o Barbablava o Barbatal o Barbataltre, segons com estiga aquell dia el cabet de l'avi o segons com li pegue. I en aquestes estones, cal reconéixer-ho, tot és molt divertit. L'avi i jo, per exemple, juguem a amagar coses per tota la casa. Als llocs més estranys (a les cassoles de la sopa, a la vora dels prestatges de llibres, dins dels llums...). «Són tresors!», diu l'avi. Hem de dibuixar un plànol perquè no se'ns oblide on els amaguem! I l'avi em diu que els filibusters –aquells personatges roïns, roïníssims que jo no sé qui són, però que és clar que són roïníssims– l'han fet presoner, i per això jo agafe el meu vaixell (o una altra cadira) i navegue fins a la seua illa, remant per tot el saló (arrossegant el cul pel terra) i l'allibere.

–Atenció, Simbad!, a la teua dreta! –crida l'avi.

I en aquell moment jo llance un colp d'espasa i cride com si estiguera pegant-li a un dels roïns.

I l'avi, sempre des de la seua butaca perquè no pot moure's molt, em diu:

–Simbad, els filibusters m'han fet presoner!

I jo vaig i pegue un bot fabulós des de la meua illa (de butaca en butaca botant per l'aire com Spiderman... ja us vaig dir que aquestes coses les faig quan la mare no hi és, que si no...) i l'allibere.

I ens ho passem molt i molt bé.

I així era tot fins aquell dia de febrer.

Fins aquell diumenge trist quan ens preparàvem per al desdejuni i l'avi ja no es trobava amb nosaltres.

CAPÍTOL 3

Cap de nosaltres sap com va passar.

La mare va dir als policies que no havia sentit res, i això és ben estrany perquè té un son molt lleuger, tant que, quan m'agafa la tos o somie en veu alta o qualsevol altra cosa que em passe durant la nit, s'alça de seguida i ve al meu llit a veure què em passa. Té com un radar detector de tota classe de sorolls nocturns i no se li n'escapa ni un (però se li va escapar el que poguera haver fet l'avi quan se'n va anar de casa... Ai, quina llàstima, el radar li va fallar). El pare va explicar el mateix, més o menys, als policies: que tampoc es va adonar de res (si l'avi, abans d'anar-se'n, haguera telefonat pel mòbil per avisar, d'això, sí que se n'hauria adonat...). I jo, la veritat, no els vaig poder dir res perquè dorm com l'algeps, com si estiguera totalment anestesiat, i quan tanque els ulls ja hi pot haver un terratrèmol o una explosió nuclear dins de casa que no hi ha qui em desperte.

Quan els policies se'n van anar, els pares van tornar a eixir molt nerviosos a buscar-lo pel barri, com ja havien fet abans, quan en despertar-nos vam veure que no era a casa. També s'hi van afegir els veïns per veure si entre tots el trobaven. Molt lluny no podia estar, o siga que tots estàvem convençuts que apareixeria en qualsevol moment. A més, a ell tampoc no li resultava fàcil moure's. A mi em van deixar amb Maria, que és la meua millor amiga. També és la meua veïna. Viu al pis de baix i va a la mateixa classe que jo. Aquell matí de diumenge vam jugar a moltes coses. Jo el que volia era eixir a buscar l'avi, però no em van deixar. Tal vegada sóc massa menut, van dir, per anar sol pel carrer i encara menys buscant un desaparegut. Vaig demanar al pare que em deixara anar-hi, que no em separaria d'ell ni mig centímetre, però que em deixara que l'acompanyara, que no podia suportar els nervis, que volia fer alguna cosa, que em deixara anar amb ell, que no podia quedar-me a casa de Maria com si res, que em deixara que l'acompanyara, per favor, pare, per favor, vaig insistir molt, deixa'm que vaja amb tu a buscar l'avi. Però no em va fer cas, em va fer un crit i em va enviar a casa de Maria. Supose que estava molt nerviós per tot el que estava passant aquell matí i que, per això, em va escridassar d'aquella manera tan brutal. Així que me'n vaig anar cap a casa de Maria i vaig jugar amb ella a moltes coses. Crec que Maria es va esforçar molt aquell dia perquè jo m'ho passara bé, perquè tinguera el cap ocupat en mil jocs i així no pensara en l'avi, en on pararia o en si li podia passar alguna cosa dolenta. Sa mare va fer espaguetis i després de dinar vam veure una pel·li. Jo vaig dissimular tant com vaig poder que estava preocupat. Però ho estava. I tenia ganes de plorar. De plorar molt.

Però em vaig aguantar. No volia que ningú sabera com estava de trist.

Perquè els pirates no ploren.

A la nit, la mare em va venir a buscar i ja a casa, el pare em va explicar que l'avi se n'havia anat mentre dormíem i que, com que té l'Alzheimer eixe, que segurament va eixir a fer una passejada i després no va saber com tornar-hi, que això passa molt als qui tenen la malaltia, que s'obliden del camí de tornada, que es desorienten i aleshores s'espanten i que no són capaços de trobar el camí de tornada. Però que no em preocupara. Que apareixeria, que la policia s'ocupava del cas, que segurament demà en sabríem alguna cosa, que el millor que podíem fer era dormir, que ja era molt tard, i que ja hi havia molta gent pendent de l'assumpte, tots els policies de la ciutat, em va dir, estan avisats i així quan un d'ells en sàpia alguna cosa ens telefonaran.

El vaig escoltar sense dir res.

La mare em va portar al llit.

Em va acotxar amb tendresa.

Quan va apagar el llum vaig esclatar a plorar. Ningú no em va sentir però vaig plorar llàgrima viva.

Em vaig adormir tristíssim, sense comprendre per què se n'havia anat el meu Capità.

Com us he dit, l'avi se'n va anar de casa un diumenge de febrer. Faltaven només dues setmanes perquè fóra Carnestoltes, una de les èpoques de l'any que més m'agraden, perquè no hi ha escola (sobretot per això) i per les disfresses i la festa (per això també). Però aquesta vegada no tenia moltes ganes de disfressar-me i d'eixir pel carrer a divertir-me i a fer coses (i això que a mi els Carnestoltes m'agraden fins i tot més que el Nadal; però no ho sé... perquè ara que pense, a Nadal hi ha molts més dies de vacances). Ja tenia la disfressa decidida des de feia temps. Volia anar, ho endevineu?, de Simbad el Mariner. De què si no? L'avi ja m'havia explicat, abans d'anar-se'n, tot el que cal saber per a anar de Simbad el Mariner. Em va dir que havia de portar un turbant al cap i una espasa gran i corbada a la cintura, una espasa que es diu *simitarra* (quin nom més bonic per a una espasa!...). La mare ja m'ho havia comprat tot en una botiga i ho tenia preparat als peus del llit. Tan sols havia de posar-me la disfressa i seria, de nou, Simbad el Mariner.

–Vinga, Paulo. Posa't la disfressa.

–No tinc ganes, mare.

Ella em va mirar durant una estona i després se'n va anar cap a la cuina. Vaig sentir com deia a mon pare que havia de parlar amb mi, que jo estava estrany des que havia desaparegut l'avi. Que espavilada!: que no ho havia d'estar? És clar que estava rar. Com estaríeu si us passara una cosa així? Com a mínim estranys. Jo no entenia res. No m'entrava al cap que la policia encara no haguera trobat el meu avi. No devia ser tan difícil. Un vell mig calb, de cabell blanc i amb sabatilles d'estar per casa, de quadres. No n'hi devia d'haver tants pel carrer!

El pare va venir a la meua habitació:

–Paulo, t'has de posar la disfressa. És Carnestoltes. No et fa il·lusió?

No vaig contestar.

El pare va seure al llit, al meu costadet. Em va repetir el mateix que em deia cada dia durant les dues últimes setmanes: que era qüestió de temps que l'avi apareguera, que la malaltia era així, que de vegades estava bé i de vegades malament, que de segur que es trobava sa i estalvi, que en qualsevol moment ens telefonarien perquè l'anàrem a buscar... Que havia de tenir paciència com en tenia ell.

–I per què no el troben ja?

El pare va callar perquè no tenia cap resposta per a contestar la pregunta. El mòbil li va sonar en aquell moment, però el va apagar.

–Ja veuràs com l'avi apareix un dia d'aquests –va repetir.

Es va alçar per anar-se'n. Quan ja estava a la porta a punt d'eixir, li vaig fer una altra pregunta (encara que no sé per què li la vaig fer):

–L'avi t'explicava la història de Simbad quan eres menut?

El pare es va parar en sec mirant cap al mòbil de reüll, com si la pregunta l'haguera feta el telèfon i no jo. Vaig notar la seua sorpresa. No esperava una pregunta així.

–Com?

Jo ja sabia que m'havia sentit, que sord no està. Vaig callar. Al final, em va contestar, quin remei!:

–Sí –havia tornat a seure al meu costat–, l'avi em va contar moltes vegades la història de Simbad el Mariner. Me la va contar moltes vegades. Tenia, fins i tot, un llibre grossíssim on hi havia aquesta història.

–I com era?

–El llibre? Era molt vell perquè ell el tenia des de feia molts anys i...

–No. El conte. Que com era el conte? –el vaig interrompre.

El pare començava a posar-se nerviós, però jo no sabia per què. Potser era perquè es recordava de l'avi o per qualsevol altra cosa. Ell sempre tenia moltes coses al cap alhora, així que qui sap en què devia pensar mentre jo li parlava. I potser per això, perquè tenia pressa per alguna cosa o estava nerviós pel que fóra, va dir:

–Tu saps molt bé el conte de Simbad el Mariner. El saps de memòria, no sé per què vols que te l'explique. Per què te l'he de repetir si l'avi també te l'ha contat? De segur que ho va fer deu mil vegades, com feia amb mi quan tenia la teua edat. Li agrada tant aquesta història... Així que...

–Sí, però conta-me'l tu de nou –el vaig interrompre.

Va fer una altra mirada al mòbil i després de fer-me una cara com d'«està bé, d'acord, mira que ets pesat, hauré d'explicar-te el conte a veure si calles», va començar a contar-me la història de Simbad:

–Una vegada era un xiquet que es deia Simbad i era molt pobre. I va conéixer un home molt ric i cada dia Simbad anava a casa de l'home ric perquè li contara un conte amb les seues aventures i després li donava, a Simbad, unes monedes d'or i després se n'anava. Així va passar durant molts dies. Aquell vell havia fet molts viatges pel mar i havia viscut moltes aventures.

Quan el pare anava per aquesta part del relat li va sonar el mòbil. Jo vaig aprofitar per a preguntar-li:

–I com es deia la ciutat on passava la història de Simbad el Mariner?

El pare va penjar el mòbil, és a dir, no va contestar, tampoc, a aquella segona telefonada.

–Què dius?

–Que a quina ciutat passava la història?

El pare va fer una cara com d'estar buscant en la memòria el nom de la ciutat. Va dirigir la mirada cap al sostre, com si allí poguera estar escrita la resposta o alguna cosa així.

–A Constantinoble.

–No! –vaig dir jo–. Era a Bagdad.

El pare em va mirar com dient, «i això no té igual?».

–Vols que continue explicant la història o no? –em va preguntar mentre mirava de nou cap a la pantalla del mòbil–. Si m'interromps a cada moment, millor no te l'explique, que estic perdent el temps.

Li vaig demanar que continuara:

–Simbad el Mariner vivia a Bagdad –ara sí que ho va dir però perquè li ho havia recordat jo, que si no...– i després d'escoltar les històries d'aquell vell ric –li va sonar de nou el mòbil; el va apagar– es va fer ric també en trobar una llàntia meravellosa on vivia un geni que –li va tornar a sonar el mòbil; el va apagar–, un geni, et deia, en aquesta llàntia meravellosa hi havia un geni –el pare es va desconcentrar, perquè el mòbil sonava i sonava i semblava que no anava a parar mai–, un geni que li va dir que li concediria tres desitjos si el treia de la llàntia.

–A veure, pare –el vaig interrompre de nou, fent aquesta vegada cara de resignació, o siga, imitant la que ens fa la mestra quan ens pregunta alguna cosa a classe i no sabem la resposta perquè, segons ella, ni estudiem ni fem res–, concentra't, pare, concentra't. El conte no és així. T'has deixat un centenar de coses. Què dic un centenar? Un miler.

El mòbil li va sonar novament. Quin concert de mòbil. El pare s'anava posant cada vegada més i més nerviós i ja no sabia a qui atendre, si a mi o al telèfon. És el que em passa quan, a classe, Moncho i Martiño s'entossudeixen a fer-me riure, que vull atendre la mestra i a ells alhora i, al final, no sé què fer ni cap on mirar ni el que diu la mestra, i finalment sempre em renyen. Per cert: a mi. No a ells.

–Sí que era així! –va dir el pare alçant una miqueta la veu–. El conte era com jo te l'explique!

Va tornar a sonar. Va contestar. Va dir a qui li telefonava (algú de l'oficina, com sempre, no saben viure sense ell) que esperara.

–La història que em contes en deu ser una altra, però no la de Simbad el Mariner. En la de Simbad no hi ha genis ni llànties meravelloses ni res d'això. Això ho deus haver vist en alguna pel·lícula i ara m'ho contes a mi perquè no recordes com era la història.

–Espera, per favor, estic parlant d'una cosa amb el meu fill. Espera un minut. O millor encara, et telefone jo –va dir.

–No te'n recordes! No te'n recordes! –vaig repetir per si no m'havia sentit.

Va penjar i em va mirar amb severitat, durament.

–A veure, vols explicar-me a mi com era el conte de Simbad? A mi, que ja li l'he escoltat al meu pare dotzenes de vegades abans que tu?

Ara em cridava.

–No és com tu l'expliques! –vaig dir–. Ni s'hi assembla. La història de Simbad, l'*autèntica* història de Simbad, no és la que tu contes tan malament. Hi havia un pobre que portava els paquets de tots i per això li deien Simbad el Carregador (li va sonar el mòbil i va demanar de nou a la persona que hi havia a l'altre costat que esperara; va cridar: ja t'he dit que et telefonava jo!, no insistisques!, deixa'm en pau un poc!, espera un moment!, i després se li va escapar una paraula molt lletja que jo, que sóc un xiquet educat, no repetiré, però va ser una d'aquelles paraules que si les amolle jo davant dels meus pares o de la mestra, em claven l'esbronc del segle) i hi havia un vellet que vivia envoltat de viandes exòtiques (recorde ara que quan l'avi utilitzava aquesta paraula, *viandes* –aleshores jo no sabia què significava– somreia i movia la llengua com si estiguera assaborint alguna cosa a la boca, així que les viandes han de ser alguna cosa de menjar) i el vell Simbad el Mariner explicava la seua vida a Simbad el Carregador (el pare va dir que havia de penjar, que ara no podia atendre'l, que telefonava ell en uns minuts, i feia com que parava atenció al que jo li contava –al conte de Simbad el Mariner ben explicat–, però com que estava traginant amb el telèfon, buscant un número en l'agenda o enviant un missatge o jo què sé, pense que no em feia gens de cas, tot i que em mirava, i movia el cap com dient-me, «sí, sí, d'acord, el que tu digues, xiquet, el que tu digues») i el vell contava que heretava una fortuna i que la perdia diverses vegades en els seus viatges, i que després recuperava tots els diners, però que tornava a perdre'ls i que després d'un naufragi vivia dins d'una balena (el pare es va alçar del llit i va començar a marcar números amb el dit gros) i una altra vegada els seus homes el van abandonar com un nàufrag en una illa deserta («mira, en qüestió de cinc minuts t'envie això per correu electrònic») i després el va fer presoner un gegant d'un sol ull (com un tal Ulisses, afegia l'avi; qui devia ser aquest?), s'escapava, després es feia ric venent el marfil dels elefants i...

I ja no em va deixar acabar el conte.

–Mira, em sembla que no tens ni idea de la història de Simbad el Mariner. Un altre dia, quan tinga més temps, te la contaré ben contada. Ara he d'enviar una cosa a l'oficina des de l'ordinador. Ara no puc parlar amb tu. És urgent, saps? Els grans no podem perdre tot el dia jugant o contant històries. Els grans tenim responsabilitats.

(En realitat, el pare va pronunciar d'una manera molt solemne aquesta última paraula: res-pon-sa-bi-li-tats, marcant cada síl·laba mentre m'assenyalava, com si fóra perquè les responsabilitats sonaren més responsables així o per pegar-me amb aquestes al cap, no ho sé...).

–Sí que sé com és la història de Simbad! –vaig cridar al pare alçant-me del llit, ple de ràbia i molt enfadat.

Jo sabia aquella història més que bé. Per descomptat, millor que ell. Com s'atrevia a dir-me que no la sabia? Era la història de l'avi!, la que m'explicava una vegada i una altra quan encara estava a casa amb mi. La seua història favorita. Hauríeu de veure la cara que feia quan l'explicava! Jo la sabia, per descomptat que sí! Amb tots els ets i els uts. Em semblava que al pare se li havia oblidat completament i s'enfadava amb mi quan el corregia.

Al pare no li agrada gens que algú el corregisca...

–No la saps! Per què estàs tan segur de saber-la? –em va preguntar amb una veu forta, més forta encara que abans–. Per què ha de ser com tu l'expliques i no com l'explique jo?

–Perquè l'avi me l'ha explicada més de cent vegades!

–L'avi està boig! Ho sents? L'avi no sap el que fa ni el que diu, ni res de res! I per això se n'ha anat! Ho entens?

No recorde el que em va dir el pare després de cridar-me d'aquella manera. Només recorde que se'n va anar i que jo em vaig quedar sol a l'habitació, molt malhumorat i trist. Supose que ell també patia pel que passava amb l'avi i que, per això, es va comportar així i em va dir el que em va dir.

El pare va eixir de l'habitació. Parlant pel mòbil. Cap al despatx on té l'ordinador. A treballar un poc.

A treballar un poc més...

Jo (no em pregunteu per què... ja sé que abans he dit que no volia) vaig demanar a la mare que m'ajudara a posar-me la disfressa de Simbad. Ara sí que volia eixir al carrer a lluitar amb tots els Capitans dels Set Mars (o dels Vuit, o dels Nou...). Perquè necessitava eixir, saltar, riure. Escampar la boira. No sabria explicar-vos què em passava. De fet, no sabia per què havia discutit amb el pare d'aquella manera. Crec que no ens havia passat mai una cosa semblant. La cosa és que el conte de Simbad no m'importava tant, això ja ho sé. Quina importància podia tenir que el pare no el recordara? Tal volta quan jo tinga la seua edat i siga tan gran com ell tampoc no el recordaré. Crec, més aviat, que vaig discutir amb el pare perquè necessitava enfadar-me amb ell, per fer fora la ràbia que sentia per l'avi o perquè no té mai temps per a mi, tot el dia amb el treball, el mòbil, o l'ordinador, telefonant tothora, contestant tothom... Tot això que ell fa tan bé... Aquesta podia ser la raó o no, però jo necessitava eixir al carrer. I aniria disfressat de Simbad el Mariner, com li agradaria a l'avi que anara. De segur que si ell haguera estat amb nosaltres, ara justament estaria al meu costat, ajudant-me a preparar la disfressa i donant-me consells per a fer de Simbad molt bé. De segur que sí. Però l'avi no estava amb nosaltres. No estava i potser no ho estaria en molt de temps. O mai més. Pensava això i al mateix temps no volia pensar-ho i això era el que feia que dins meu tinguera ganes d'eixir de casa i de deixar darrere totes aquestes preocupacions. Sí, amb la disfressa seria com si jo no fóra jo. O siga que eixiria a lluitar amb tots els filibusters del món. Amb tots (però vaig pensar: com deu ser una disfressa de filibuster?, com els podré reconéixer?, tenen potes, els filibusters?, tenen antenes?, són humans?, animals?, objectes?, terrícoles?, extraterrestres?). Tant se me'n donava. Lluitaria amb tots els filibusters. Ja sabria com reconéixer-los com sé tantes coses, que per això diu la mestra que sóc llest com una rabosa. Lluitaria amb tots els filibusters que em topara. Em sentia molt trist i molt ple de ràbia. Confús i sense saber si havia de posar-me a plorar o a riure.

Des de la desaparició de l'avi, aquells eren els pitjors dies de la meua vida.

Però no sabia que aquells moments tan difícils estaven a punt d'acabar i que estava arribant el moment d'iniciar l'aventura més apassionant de la meua vida. Ni al mateix Simbad el Mariner li va passar mai una cosa tan fantàstica com el que em va ocórrer a mi uns quants dies després de les festes de Carnestoltes que, ara mateix, comence a explicar-vos.

CAPÍTOL 4

Supose que un és capaç d'acostumar-se a tot. Fins i tot al fet que el seu avi desaparega un dia de casa i que la policia vinga un mes després a dir-te que donen la recerca per acabada, que no hi ha res més a fer que esperar i esperar i esperar... I que si apareix, bé, i que si no, doncs... no ha aparegut.

Quan els policies van dir això vaig comprovar que ma mare estimava l'avi de veritat. Es va tancar a la cuina i va plorar durant molt de temps. Potser era cert que s'estava tornant boja per les coses rares que ell li feia quan estava amb nosaltres. Però ella, boja i tot, l'estimava moltíssim. Si no, no hauria plorat d'aquella manera...

Estimar un boig deu ser possible.

Però com diu la mare, la vida ha de continuar, i plorant no se soluciona res, així que, a poc a poc, vaig anar eixint més de casa per jugar amb els amics de l'escala (amb Maria i els altres) al pati que tenim baix. Feia esforços per riure i perquè les coses foren com abans tot i que, de tant en tant, em posava un poc trist en recordar l'avi.

La mare deia que ja em passaria.

I ja ho crec que em va passar. Però perquè un dissabte, quan devien ser més o menys les dotze del migdia, va començar la meua aventura.

Estava jugant a futbol al pati de baix de casa amb Maria i Xavier, el seu germà menut (només té tres anys. És molt xicotet i sempre va ficant el nas en les nostres coses, clavant-se pel mig i complicant-ho tot. El deixem jugar, sobretot perquè es posa a plorar si no el deixem, i no calla, és molt cabut, fins que li ho permetem, però és molt roí amb la pilota, que és més gran que ell. Juga tan malament que no li clava un gol ni a l'arc de Sant Martí i sense porter).

Érem al pati, jugant la final del nostre Campionat Mundial de Futbol del Pati, quan va arribar el carter. Va picar a tots els timbres dels pisos, com fa sempre, perquè algú li obrira el portal i poder deixar les cartes a les bústies. Hi va entrar i nosaltres vam continuar jugant el nostre partit. Atenció, que anava guanyant jo per dèsset a zero. O divuit a zero, no ho sé, no ho recorde bé. Per molts gols. Després d'uns minuts, el carter va eixir. Amb una mà estirava la bossa groga on portava les cartes de l'altra gent, els paquets i les coses amb les quals els carters van carregats tot el dia. A l'altra mà portava una carta.

–Algú de vosaltres sap on viu un tal Simbad?

Em vaig quedar de pedra. Xavier, el germà supermenut de Maria, que no sap jugar a futbol i és dolentíssim i mai seria capaç de colar-me un gol ni tan sols si jo tinguera els ulls embenats i m'hagueren nugat les cames perquè no les poguera moure, es va posar a córrer per tot el pati ple d'alegria perquè el baló que m'havia tirat, i que en qualsevol altra ocasió jo hauria parat sense despentinar-me o, tranquil·lament, mirant cap a un altre costat o amb els ulls embenats, com un campió, se m'acabava de colar entre les cames d'una manera lamentable i humiliant. Aquell tap m'havia fet un gol ridícul. El gol més ridícul de la història. I no podia ni moure'm de la impressió. El carter preguntava per Simbad! Ho havia sentit bé? Havia dit Simbad? Havia de ser jo. Era jo! No hi havia un altre Simbad possible.

No en aquell edifici.

No en aquest planeta.

–Però què passa? –em va cridar Maria sense comprendre com era possible que el seu germà hiperdiminut i hipermanta haguera sigut capaç de colar-me un gol tan vergonyós.

No li vaig respondre. Potser ni la vaig sentir. Tan sols tenia ulls per al carter. Vaig adreçar-me cap a ell i li vaig preguntar:

–Has dit Simbad?

–Sí –va contestar–. El coneixes?

–I la carta, per casualitat, no la deu enviar un Capità o el Capità dels Set Mars?

El carter va girar la carta i em va somriure.

Era clar que aquella era una carta de l'avi per a mi.

Crec que Maria es va enfadar un poc amb mi aquell dia quan li vaig dir que me n'havia d'anar cap a casa, així, de sobte, a la meitat d'un partit important (ja us ho he dit: jugàvem la Copa Mundial del Pati, una superfinal decisiva d'aquelles que juguem cada dia, i una final de categoria, com tothom sap, no es deixa a mitges si no és per un terratrèmol o un tsunami o una desgràcia per l'estil). El carter

em va donar la carta mentre feia una cara que deia alguna cosa així com, «d'acord, jo te la done, encara que a la millor no és per a tu, però si dius que ets Simbad, doncs ho seràs, a mi tant se me'n dóna, si tens un avi raret és cosa teua, a mi què m'expliques?». Supose que com que li vaig dir que de segur que el remitent era un Capità o el Capità dels Set Mars, «que així és com signa el meu avi, que és molt simpàtic i fa aquestes coses quan vol enviar-me una carta...», d'aquesta manera, doncs, es va fiar de mi i es va convéncer que la carta era per a mi.

–Em sap greu, però he d'anar-me'n a casa –vaig dir als meus dos amics amb el cor a punt d'eixir-me del pit.

–I el partit? Ara que anàvem guanyant! –va dir Xavier.

Era mentida. Anava guanyant jo per vint o més gols, ja no recorde quants n'havia clavat (i això que tan sols havíem jugat la primera part... aquell podria ser un dia històric, però...).

–Em sap mal, de veritat, Maria, però he d'anar-me'n ja.

Ella no em va dir res. Me'n vaig anar i es va quedar allí, seriosa com un pal. La conec bé i sé que estava enfadadíssima.

A la mare li va estranyar veure'm arribar tan prompte a casa.

–No estaves jugant un partit importantíssim, al pati?

No li vaig contestar. Li vaig mentir, a ella també (però no penseu per això que sóc un mentider. Necessitava soltar una altra bola per poder llegir la carta amb calma. L'únic que volia era estar tranquil per obrir-la d'una vegada. Encara que estava tan nerviós, per l'alegria –l'avi era viu!– que no sabia si seria capaç de llegir-la. Amb els nervis, a la millor se m'havia oblidat llegir...).

–Vaig a veure la tele.

Una altra mentida. Volia que no sospitara, que no em fera preguntes sobre la carta. Millor encara: que no sabera que l'havia rebuda. Així que no se'm va ocórrer res més (ni em va donar temps de pensar un pla) que dir-li que anava a veure la tele al saló. Però va ser una bona idea. Perquè quan pose el canal dels dibuixos animats (molt menys temps del que m'agradaria, sempre massa segons la mare), ella no ve al saló per a res. Es queixa i em diu: «quins dibuixos més lletjos», o «no sé com et poden agradar eixos ninotets». O siga que si obria la carta al saló amb la tele en marxa (vaig donar-li un poquet més de volum perquè se sentira bé), no corria perill que em descobrira. A més, la mare estava planxant i posant la llavadora, així que no tindria cap problema. Estaria molt ocupada uns quants minuts, temps suficient perquè jo llegira la carta amb calma i trobara un lloc segur per a amagar-la.

Estava molt intrigat. Què devia dir aquella carta? L'avi em volia dir on era? En el canal dels dibuixos animats feien una sèrie que sempre veig, de lluites entre monstres de l'espai que m'agrada molt però, aquesta vegada, no li podia fer cas. Vaig seure, i després de fer una ullada cap a la porta per assegurar-me que la mare no estava per allí controlant, vaig obrir el sobre.

Abans de començar a llegir-la, ja vaig reconéixer la lletra ben feteta i redona de l'avi (no com la del pare, que no hi ha qui l'entenga. No sé com el van aprovar en Primària. Si l'agafa la meua mestra el posa a fer cal·ligrafia fins que tinga cent anys...). El cor se me n'eixia del pit pels nervis.

La carta deia:

Estimat Simbad,

Què penses que faria un Capità dels Set Mars si sabera que li volien enfonsar el vaixell?

Exacte! Escapar.

La vida és una aventura i els filibusters són pertot arreu. De vegades dins del mateix vaixell hi ha filibusters amagats!

Confie en tu, Simbad el Mariner.

Busca'm a La Taverna del Pirata.

Besos,

Signat El Capità dels Set Mars, també anomenat, a vegades, Barbablanca o Pata de Pal.

Postada: Ací tens la clau.

Em vaig quedar de pedra. Vaig llegir i vaig rellegir la carta dotzenes de vegades. Després, em va envair una sensació molt estranya. D'una banda, no entenia res del que m'explicava. Normal, ja que, com diuen, no li funciona molt bé el cabet. D'una altra banda, tenia una certa sensació com que sí que entenia el que volia dir-me. En la carta, l'avi em parlava dels filibusters, o siga, dels roïns de tots els nostres jocs. Però l'avi deia també coses molt estranyes com que li volien enfonsar el vaixell i que per això havia d'escapar, i que els filibusters eren a dins del mateix vaixell. El més misteriós era que deia que només confiava en mi. I que buscara un lloc anomenat La Taverna del Pirata. Això sí que no sé on para! Però no podia anar a la mare i preguntar-li-ho així com així.

Com que sóc un xic molt llest (o això diu la mestra) vaig agafar una guia telefònica i vaig anar directament a la lletra T, a veure si trobava alguna cosa anomenada La Taverna del Pirata. Però no vaig trobar res amb aquest nom. Vaig buscar per *La.* I tampoc. Després em vaig fixar en la clau que venia en el sobre de la carta. Era una clau molt menuda que no s'assemblava gens a les que porten els grans als clauers. Era una clau diminuta. Semblava de joguet.

Quan estava guardant la guia, la mare va entrar al saló. Em va donar temps, però quasi m'agafa, a guardar la clau i la carta a la butxaca dels pantalons.

–Què fas amb la guia telefònica?

–Res, res, no faig res –vaig contestar mentre la guardava al calaix.

–Vols telefonar a algú?

–No. Estava avorrit i per això l'he agafada. Però res més.

La mare se'n va anar després de fer un gest del tipus «quin fill més estrany que tinc», i jo vaig tornar a fer com que mirava els dibuixos animats. Tenia els ulls fixats en la tele, sí. Però, en realitat, dissimulava i pensava en l'avi, que era viu i, segons el que semblava, sa i estalvi. Reconec (ara que ja ha passat tot no m'importa confessar que vaig imaginar coses terribles aquells dies, o que vaig plorar molt... però només quan ningú no em veia), reconec, deia, que vaig arribar a pensar que l'avi havia mort, o que s'havia perdut de veritat com deia el pare i que no apareixeria mai més, que com que tenia Alzheimer havia eixit de casa i ara no sabia com tornar i que li havia passat alguna cosa terrible. Confesse que vaig pensar aquest tipus de coses, i crec que pararé de dir-ho perquè pot ser que em pose a plorar de nou tan sols de recordar-ho i no es tracta d'això, sinó de contar-vos la meua història i la del meu avi. Perquè el que importa és que aquell dia a poqueta nit, quan va arribar la carta escrita pel Capità dels Set Mars, totes les meues preocupacions van desaparéixer de sobte.

L'avi era viu! Aquesta era la millor notícia de les notícies del món. Però la mala, o la menys bona, era que jo tenia una carta, una carta seua, en què em demanava que anara a buscar-lo a un lloc que jo no sabia on es trobava, ni el coneixia, ni l'havia sentit mai anomenar. A més, no apareixia en la guia telefònica. I, per si fóra poca la complicació, m'enviava una clau per obrir una cosa que tampoc sabia què podia ser.

Així vaig comprendre que els primers passos de la meua aventura haurien de començar per localitzar el lloc on es trobava l'avi, i també buscar el pany que coincidira amb la clau que havia decidit enviar-me, sens dubte, perquè l'obrira.

Tenia el pressentiment que les dues coses estaven relacionades. Però no em pregunteu per què ho sabia (deu ser, i perdoneu que siga tan poc modest, per tan llest com sóc... Això diu sempre la mestra...).

El pare va arribar tard a dinar, com sempre.

I això que la mare sempre l'adverteix:

–A veure si com a mínim els dissabtes podem dinar a una hora decent.

La mare li diu això o alguna cosa semblant perquè els dissabtes *se suposa* que ell treballa tan sols als matins i que, per això, pot eixir abans i d'aquesta manera dinem *a una hora decent*, com diu la mare. Però quasi mai arriba a l'hora que diu que arribarà.

I, és clar, sempre dinem *a una hora indecent...*

–Perdona, però tenia moltes històries a l'oficina. Ja saps com estan les coses.

–Doncs, com a mínim, avui apaga el mòbil, que és dissabte –va dir la mare mentre posava els espaguetis sobre la taula (el meu plat favorit).

–Sí, això, apaga el mòbil –vaig afegir jo.

El pare es va llevar la jaqueta i ens va mirar com si li parlaren dos extraterrestres a punt de demanar-li una cosa estranyíssima. I com ja m'esperava, no ens va fer gens de cas. Va seure a dinar i va deixar el telèfon damunt de la taula.

Encés, per descomptat.

–Això, deixa'l connectat que potser ens telefonarà l'avi –vaig dir.

El pare va deixar de mastegar. Em va fer una mirada horrible (així deuen mirar els filibusters, vaig pensar).

–Per què dius aquesta ximpleria?

No vaig contestar. Vaig endinsar la forqueta en els espaguetis i vaig començar a enrotllar-los, que així és com s'han de menjar, enrotllant-los al voltant d'una forqueta amb l'ajuda, si cal, d'una cullera. És molt difícil i s'ha de tenir molta experiència com a menjador d'espaguetis per a fer-ho com cal (i, per cert, i com que parlem d'espaguetis, una curiositat: Xavier, el germà menut de Maria, se'ls engul sense mastegar, els xupla, els aspira, és atòmic el que fa amb els espaguetis... no ho feu, que deu ser malíssim i és segur que se'n perd el sabor... Puah... quin fàstic m'està entrant ara mateix mentre us escric açò...).

–Mira, Paulo –va dir la mare–, a tots ens preocupa l'avi. Cada dia parlem amb la policia i l'assistent social de l'ajuntament i, de moment, no es pot fer res. El busquen per totes bandes. Un dia d'aquests apareixerà.

Jo, la veritat, no li estava fent molt de cas i feia com que no m'importava el que deien, girant i girant els espaguetis com si aquella conversa no m'afectara. Perquè jo sabia molt més que ells dos, que la policia, i que la resta del planeta junts. Jo sabia que l'avi era viu i que estava bé. I que havia d'anar a buscar-lo a un lloc que es deia La Taverna del Pirata. En fi, que havia d'anar a buscar-lo, ja està. Que *jo* havia d'anar a buscar-lo. *Jo*. Simbad el Mariner. No qualsevol. *Jo*. No ells. *Jo*. No la policia. *Jo*. No l'assistent social eixe el nom del qual no sé quin és, ni a què es dedica. *Jo*.

A mi, això de La Taverna del Pirata em sonava a lloc de reunió de vells mariners i bucaners, a lloros que parlaven sobre muscles de pirates i a molt de rom i a individus amb la pota de fusta. Em sonava a algun indret exòtic i molt allunyat estil *L'Illa del Tresor,* que és una història molt bonica que ens va llegir la mestra en l'escola un dia que estava de bon humor.

Així que, com que l'avi deia que havia d'anar a buscar-lo allí, vaig preguntar sense pensar-ho dues vegades:

–Pare, què és La Taverna del Pirata?

A la mare, li va caure el got d'aigua a terra. Li va caure al mateix temps que se li obria la boca de bat a bat. El got es va trencar en mil trossets. El pare es va ennuegar amb els espaguetis i va començar a tossir com un boig. Per la boca li eixien trossos d'espaguetis mastegats en totes direccions. Una porqueria total. Vaig pensar que amb tanta tos s'ofegaria. Es va posar morat i es pegava colps de puny fortíssims al pit perquè la tos li passara.

Quan se'n va refer, amb un fil de veu, roig com la conquilla d'una d'eixes nècores que tant m'agraden, va dir:

–Quin lloc has dit?

CAPÍTOL 5

Els pares sabien, per descomptat, de què parlàvem. Hauríeu d'haver vist que nerviosos que es van posar quan els vaig preguntar què era La Taverna del Pirata. La mare es va posar davall la taula a recollir els trossets de vidre del got que li havia caigut de les mans quan els vaig fer la pregunta i que es va estavellar amb molt de soroll sobre el terra. El pare, quan es va recuperar de la impressió i de la tos i dels espaguetis que amenaçaven d'eixir-se-li'n de nou, em va preguntar una vegada i una altra on havia sentit això de La Taverna del Pirata, que si havia sigut l'avi qui me n'havia parlat. En aquest punt no vaig mentir (en fi, vaig mentir només un poc):

–Sí. L'avi em va parlar d'aquest lloc.

–I et va dir on era?

–No.

Ja ho he dit: en aquest punt no vaig mentir. L'avi, en la seua carta, em deia que el buscara a La Taverna del Pirata, però no on era aquest lloc. Així que vaig insistir. Sabia que els tenia acorralats i que havia d'aprofitar aquesta oportunitat:

–Per on para això, pare? Saps on és La Taverna del Pirata?

El pare es va alçar i va fer una ullada al mòbil. No sonava però estic segur que desitjava amb totes les forces que sonara. Quan el pare es posa nerviós ho fa. Mira cap al mòbil compulsivament. Es concentra perquè sone i, encara que no us ho cregueu, de vegades sona. És com si tinguera poders. De veritat. Però aquesta vegada, potser perquè era dissabte i l'oficina a aquelles hores ja devia estar tancada, no telefonava ningú, tant com ho necessitava (o no li funcionaven els poders), i d'aquesta manera, no tenia altre remei que atendre'm. No tenia escapatòria. Així que vaig repetir la pregunta: «On és La Taverna del Pirata?».

El pare va seure. Es va alçar de nou. Va tornar a seure. Era com si tinguera formigues als peus i no poguera parar quiet. Si fera jo això a l'escola em deixarien sense pati. Va mirar de nou cap al mòbil. Aquesta vegada tampoc no va sonar. Sens dubte, el pare havia perdut tots els poders. La mare va eixir, finalment, de davall la taula amb dotzenes de trossets de vidre a les mans.

–On és eixe lloc del qual em parlava l'avi? Tu ho saps, mare?

La veritat és que em va esglaiar la manera en què va parlar el pare, cridant-me, amb els ulls tan oberts que semblava com si se li anaren a eixir de les conques.

–La Taverna del Pirata no és res! Ho has entés? No és res, no es troba enlloc, no existeix! La taverna eixa és una altra de les invencions del teu avi, que ha perdut el cap per la malaltia que té, ho entens? T'ho he explicat mil vegades! A l'avi no se li ha de fer cas en res del que diu!, en res!

La mare el va mirar durament, amb els trossos de vidre a la mà, i va dir:

–No crides al xiquet! Ell no té culpa de res del que va passar.

(«Culpa de què?, de què parlen?, què és el que va passar?, de què va tot açò?»).

No vaig arribar a fer totes aquestes preguntes en veu alta, perquè ell seguia escridassant i, encara que ho fera, no m'hauria escoltat.

–Ja no tinc gana!, ja no vull dinar!, ni els dissabtes em deixeu estar tranquil! Me'n vaig.

Va dir això, que ja no tenia gana, que ja no volia dinar, que se n'anava. Era clar que s'havia enfadat moltíssim. Va eixir de la cuina. Però això sí: va tornar a entrar-hi per recollir el mòbil. I em va escridassar, de nou:

–Mira, Paulo! Jo també patisc per la desaparició de mon pare, o què et penses?, és mon pare i em dol molt el que està passant!, em dol de veritat encara que no em veges plorar pels racons tothora! I no dorm, i patisc, i no deixe de preocupar-me per ell ni un segon. A veure si t'ho poses al cap d'una vegada, que ja tens edat! –va agafar aire, va callar un segon, i va continuar–. A partir d'avui no vull que parlem més d'ell!, entesos?, mai més!, en aquesta casa queda prohibit parlar de l'avi!, com a mínim mentre no puguem saber què li ha passat! I si apareix, doncs apareix. I si no apareix, doncs no apareix!

Dit això, va eixir de la cuina.

La mare va tirar els trossos de vidre al fem, va seure al meu costat i em va dir:

–Vinga, acaba't els espaguetis i deixa el pare tranquil.

Aquell dia, efectivament i tal com havia anunciat, el pare no va dinar.

Es va posar la jaqueta i va dir:

–Me'n vaig a l'oficina.

Jo ja sé que els dissabtes a la vesprada l'oficina està tancada. Com si estiguera idiota i no m'adonara de les coses i no sabera que se n'anava per la discussió que acabàvem de tenir. El pare és així. Jo no. Jo, quan em baralle amb ells em tanque a l'habitació, a esperar fins que em passe. El pare se'n va a l'oficina. Supose que per a fer el mateix.

La mare va endreçar la cuina i després va entrar a l'habitació de l'avi. La vaig acompanyar i vaig seure en una cadira. La mare, damunt d'una altra cadira, intentava arribar fins als llibres dels prestatges més alts per torcar-los la pols.

–El teu avi era un gran lector. Abans de caure malalt sempre estava llegint. Tu no el recordes així perquè després va emmalaltir, però era un gran aficionat a la lectura. Li va voler transmetre aquesta passió a ton pare, però ell, com saps, no és de molts llibres.

–A mi m'agrada llegir –vaig dir.

La mare em va mirar dolçament.

–Sí. Has eixit com l'avi en quasi tot.

Em va agradar que m'ho diguera. Encara que no estava molt segur del que significava. Així que li vaig preguntar:

–Vols dir que sempre estic fent barrabassades o el ximple?

Va baixar de la cadira i la va moure de l'altre costat per poder pujar-hi de nou i agafar altres llibres. Estaven plens de pols, com si no els netejaren des de feia segles (més o menys era així). Vaig recordar que l'avi no deixava que ningú tocara els seus llibres i la mare havia de torcar-los la pols quan l'avi, per exemple, havia anat a cal metge amb el pare.

–No, home, no. Em referisc al fet que tu també ets una persona divertida i amb sentit de l'humor. L'avi, abans de posar-se malalt, també era així. Ara és un vell un poc malhumorat. Però no se li ha de tenir en compte. No és culpa seua. És per la malaltia.

Ja us vaig dir que sé que la mare estima molt l'avi malgrat el que diu de vegades, això que està tornant-se boja per culpa d'ell. De vegades també ho diu de mi i sé que m'estima. O del pare.

Va acabar de netejar el segon prestatge i va moure de nou la cadira per fer el tercer prestatge, l'últim dels que quedaven per netejar.

–Et puc ajudar? –li vaig preguntar. Ara em sentia molt bé pel que la mare havia dit de l'avi i del fet que ens assemblàvem en la manera de ser.

–No cal. Ja acabe.

I quan m'ho va dir, mirant cap a mi que em trobava allà baix, va moure un dels llibres més grossos de l'avi. En ferho, em vaig adonar que darrere hi havia una cosa gran i marró. Em va semblar que era una caixa de fusta. No em pregunteu per què o com ho vaig saber, però d'alguna manera vaig comprendre a l'acte que havia de fer una ullada a allò que hi havia allí darrere i que ara no sabia què era. Semblava una caixa, era clar. Però no sabia si ho era.

La mare va acabar de netejar. Uns quants cabells li queien per la cara, roja pel cansament. Estava molt graciosa.

–Sembles una bruixa –vaig dir, però ja sabia que era de broma.

Va intentar agafar-me al bracet com si fóra un bebé, però no va poder, és clar!

–Com peses!

Em va fer un bes.

–Puc quedar-me un poquet ací, mare?

Em va mirar profundament i em va dir que sí, però que un poc només. Que telefonara als amics i que anara a jugar. Que un xiquet de deu anys ha d'estar al carrer jugant, no a casa, avorrit. Sé que tenia raó, però havia de quedar-m'hi i agafar aquella caixa de darrere dels llibres sense que ella se n'adonara. Necessitava veure què era.

Així que vaig fer la millor de les meues cares de xiquet bo (en sé més de cent) i li vaig dir que sí, que de seguida me n'anava al carrer, però que volia estar una estoneta a l'habitació de l'avi. Una estoneta només.

La mare se'n va anar cap a la cuina. Vaig sentir com treia la planxa. I quan la mare planxa està molt de temps concentrada i cantant (per cert: canta molt malament, però no li ho digueu, perquè ella pensa que ho fa de categoria), així que no hi havia perill que em descobrira xafardejant entre els llibres de l'avi.

Amb molt de compte perquè no em sentira, vaig acostar la cadira just davall del prestatge on havia vist aquella caixa darrere del llibre enorme.

Vaig haver d'estirar molt els braços per arribar-hi. I posar-me de puntetes. I de poc caic. Però ho vaig aconseguir.

Vaig agafar el llibre.

Sabeu quin era?

Simbad el Mariner! Quin altre podia ser?

Era un volum molt vell. El vaig obrir a l'atzar. Tenia totes les pàgines mig grogues i es notava que s'havia usat molt. De segur que era vellíssim!, tenia com a mínim tants anys com l'avi o més! Seria el llibre al qual es referia el pare l'altre dia quan ens vam barallar perquè ell no sabia bé la història i pretenia colar-me'n una de semblant. Però el que m'interessava de veritat no era el llibre ni les pàgines ni les il·lustracions. A mi, el que m'importava era la caixa que hi havia darrere del llibre i que tant m'havia cridat l'atenció. Perquè, efectivament, com ja m'ho havia semblat abans, allí hi havia una caixa de fusta. Una caixa molt menuda i rectangular (com es nota que ja he passat de quart de Primària i que sé què és un rectangle. Fins i tot, mireu si sóc llest –o no?–, que també conec els triangles aguts, greus i obtusos... encara que no sé molt bé per a què serveixen...). Mai en la vida havia vist aquella caixa. Vaig baixar i vaig seure al llit de l'avi. Vaig intentar obrir-la, sense aconseguir-ho. La vaig girar i com m'estava imaginant, em vaig topar amb un pany.

Me la vaig guardar davall del jersei. El cor em batia tan fort que podia sentir-lo fins i tot per dins del cap. Bum-bum. Bum-bum. Bum-bum. Bum-bum.

–Mare! Me'n vaig! –vaig cridar ja des de la porta.

Ella va dir que molt bé, que em divertira. I va continuar cantant la mateixa cançó que repetia una vegada i una altra des de feia molts minuts. No vaig agafar l'ascensor. Vaig baixar corrents (i mira que m'havien repetit mil vegades que

no ho fera, que podia caure). Vaig arribar al pati, quasi sense alé (i sense caure). Vaig seure a les escales del portal i vaig posar-hi la clau.

Es va obrir a la primera.

CAPÍTOL 6

Fotos i papers.

Això era el que hi havia a la caixa. Fotos i papers.

Moltes fotos i molts papers.

Ho vaig traure tot i ho vaig escampar pels escalons, a veure què em trobava. En primer lloc (com diu la mare i també la mestra, en aquesta vida cal ser ordenats) vaig posar les fotos a un costat i els papers a l'altre, així seria molt més fàcil investigar i comprendre què era el que l'avi volia que trobara.

Totes les fotos eren en blanc i negre i era clar que eren fotografies molt antigues. Els papers eren més fins, quasi transparents. Aquell paper feia un sorollet especial quan el tocaves, com fan els embolcalls dels caramels quan els toqueges (per això és tan perillós desembolicar-ne un enmig del silenci de la classe...). Certament no havia vist mai un paper tan fi i tan estrany. Semblava que se'm desfaria a les mans de tan prim i tan delicat com era. Tenia unes ratlles horitzontals com les dels quaderns escolars. Així em vaig adonar (per la lletra) que tots els havia escrit l'avi. Pràcticament tots començaven dient «Estimat Bernardino», o «Germà Bernardino».

O siga, el tal Bernardino de qui l'avi parla sempre des de fa molt de temps.

O siga, el tal Bernardino de qui fa tant de temps que em diuen que no existeix.

Doncs no existirà però, de moment, jo tenia a les mans unes cartes de l'avi per al seu germà Bernardino.

Les fotos, sense cap dubte, eren de feia molt de temps, perquè apareixia molt més jove. Per això eren en blanc i negre, és clar. I en totes les fotos hi havia altres homes. I tots amb boina o barrets. Moltes s'havien fet en un bar, asseguts en una taula. En totes estaven menjant o bevent. Quins fartaners...

Vaig apartar les fotos per començar a llegir les cartes. L'avi les escrivia al seu germà Bernardino (el que no existeix...). L'avi té una lletra molt ben feteta, i molt bonica i molt inclinada. Tan ben feteta, tan bonica i tan inclinada que de vegades no l'entenc de tan ben feteta, tan bonica i tan inclinada com la fa. Però llegint lentament i fixant-me molt en totes i cadascuna de les paraules, vaig ser capaç d'anar desxifrant algunes de les coses que deia al seu germà. Per exemple, li parlava de com era la vida a casa nostra. En una li deia que tenia un nét que es deia Simbad (eixe sóc jo!). En una altra, li parlava de la mare, que era molt bona i que el cuidava molt bé (el que jo sempre dic). Les cartes parlaven d'aquestes coses i de moltes altres. Però el més curiós de tot és que en cap anomenava el pare. Hi apareixia jo. I també la mare. I coses estranyes que jo no era capaç de comprendre sobre xalanes, la força de les marees, els tipus de rems, i també sobre les parts dels vaixells –babord, proa... això són parts del vaixell, això sí que ho sé–. Però el pare no apareixia en cap d'aquelles cartes. Com si per a l'avi no existira o no visquera amb nosaltres.

Vaig mirar totes les fotos amb molta atenció. Però no era capaç de descobrir-hi res d'especial. Era impossible saber on s'havien fet.

Un home que s'assemblava molt a l'avi em va cridar poderosament l'atenció. Apareixia en totes les fotos, amb el braç per damunt dels muscles de l'avi o agafats els dos, posant orgullosos davant la càmera. Vaig pensar, «eixe deu ser Bernardino, el seu germà. Per això s'assemblen tant».

Quan anava a guardar-les, em van caure totes per terra.

Va ser aleshores quan em vaig fixar en el gran descobriment: totes tenien alguna cosa escrita per darrere.

«Bernadino i jo amb la Colla Gastronòmica. A la Taverna del Pirata. Abril de 1965.»

«Jo amb Bernardino i la tripulació del *Sempre Maruxa*, Nadal 1964.»

«Bernardino fent ximpleries, a La Taverna del Pirata, 1967.»

Totes igual. En totes apareixia l'avi i el tal Bernardino en un lloc anomenat, com no podia ser d'una altra manera, La Taverna del Pirata. Ja no hi havia dubtes que, com havia imaginat, aquell bar existia (o va existir, en aquest punt de la meua investigació, encara no tenia res clar...). Un bar que significava molt en la vida de l'avi. En aquella que posava allò de *Bernardino fent ximpleries* es veia un home un poc més vell que l'avi, amb unes ulleres enormes i un barret de copa encara més enorme. Fent el ximple, com deia l'avi. Semblava una festa de Carnestoltes (l'avi, per cert, portava un turbant i una espasa. Com un pirata... O com Simbad).

El pare m'havia mentit quan deia que la taverna no existia. I la mare havia dit que jo no havia tingut la culpa del que havia passat.

De què no tenia jo la culpa?, què passava que jo no sabera ni havia de saber?, per què em mentien?

Era clar que la família m'amagava alguna cosa important.

La Taverna del Pirata existia. L'avi havia estat allí. I volia que *jo* ho sabera. Per això m'havia escrit una carta a *mi*. Tan sols havia de trobar aquell lloc.

I el trobaria.

Havia de salvar l'avi dels filibusters.

Vaig passar tota la vesprada llegint les cartes que l'avi, per la raó que fóra, no va arribar mai a enviar a l'oncle Bernardino. Sí, vaig passar tota la vesprada, hores i hores, llegint i rellegint aquells papers fins que la mare va eixir a la finestra i em va fer pujar perquè em dutxara (eren ja les vuit... mai abans m'havia alegrat de no tenir amics per a jugar a l'edifici. Així vaig poder disposar de tota la vesprada per a mi a soles). I, més o menys, vaig anar comprenent el que passava. L'avi escrivia al seu germà explicant-li la seua vida amb nosaltres. Em va sorprendre que li diguera que sabia que estava malalt, i que se li n'anava el cap. En una de les cartes li deia: «Germà: no faig més que ximpleries. M'oblide de tot. De menjar o de llavar-me o de dormir. De vegades oblide els seus noms i fins i tot oblide qui sóc. I patisc molt per tot

això». L'avi s'adonava de la seua malaltia i ho explicava al seu germà.

Una de les últimes (les anava llegint de l'última a la primera, és a dir, de la que feia més temps que havia escrit a la més recent; les vaig ordenar per les dates de l'encapçalament... No us havia dit que sóc molt llest?) va ser la que em va donar més pistes per a entendre-ho tot.

> Bernardino. Els filibusters es troben pertot arreu. Estic rodejat. Ahir mateix vaig espiar el meu fill i la meua nora. Parlaven d'enfonsar-me el vaixell, de posar-me en una residència, de traure'm de casa. Deixaria un bucaner que li enfonsaren el vaixell?, permetria un vell mariner que el deixaren sense embarcació? No vull que em separen del xiquet. És l'únic que estime. Una forta abraçada del teu germà que no t'oblida.
>
> El capità dels Set Mars i Mig

Em vaig quedar de pedra. L'avi deia que els pares el volien deixar en una residència. Saber-ho em va fer molta pena. Fins i tot em van caure quatre o cinc llàgrimes.

D'acord.

Ho reconec.

Em vaig posar a plorar com un bebé.

De sobte vaig sentir una tristesa immensa, una pena molt gran per dins, sobretot pel que deia aquella carta, això que no volia que el separaren de mi. Perquè era clar que el xiquet a qui es referia en la carta era jo.

Em va donar el temps justet per a eixugar-me les llàgrimes amb la mànega, quan el pare va arribar.

–Què fas ací?

No li vaig contestar. Vaig intentar guardar com vaig poder les cartes i les fotos dins de la caixa.

–Què portes?

–Una caixa amb cromos.

Vam entrar a l'ascensor i després a casa.

El pare se'n va anar directament a dutxar-se i jo cap a l'habitació de l'avi. La mare mirava la televisió al sofà del saló.

Ni es van saludar.

Vaig deixar la caixa en el mateix lloc on l'havia trobada. Darrere del llibre de *Simbad el Mariner*.

En fer-ho, va caure una coseta que hi havia dins del llibre.

La vaig recollir.

Era una targeta igual que les que té el pare del treball i que dóna a tothom quan se li presenta l'ocasió. Eixa que diu *executiu de vendes*, que és el que és el pare, un executiu de vendes. No sé què significa, però és el que és mon pare i el que el té tan aqueferat tot el dia, amb l'orella roja de tant de parlar pel mòbil. Que no para.

Aquella targeta deia:

La Taverna del Pirata
Vins i Tapes
Carrer de la Marinada, 3

I per darrere, escrit amb aquella lletra de l'avi, tan ben feteta, tan bonica i tan inclinada, aclaria:

Adreça del bar de Bernardino.
No perdre ni oblidar.

Ja no calia preguntar als pares on parava La Taverna del Pirata.

Jo ja ho sabia.

Vam seure a sopar. Malgrat haver tingut tan sols unes hores abans una discussió important, el pare estava molt simpàtic i xarrador (seria per la gana que tenia, perquè com que estava sense dinar...). La mare reia feliç. Semblava contenta...

Jo no sóc babau i sé que actuen així perquè em senta bé, perquè no em preocupe ja que abans s'havien barallat i tot això. De fet, quasi mai discuteixen davant meu. Tenen molta cura amb això i saben que no m'agrada que es criden i que s'enfaden i que em pose trist si ho fan. Així que, ara, o estaven contents o feien com si estigueren contents, qui ho sap (qui entén els grans, eixos personatges estranys...!). Així que vaig decidir seguir-los el joc tot i que, en realitat, jo sí que estava molt enfadat amb ells. I ho estava amb raó.

El que acabava de descobrir m'havia deixat molt impressionat; totes aquelles fotos de l'avi quan era jove amb el seu germà Bernardino. I la targeta de La Taverna del Pirata. Dins meu colpejaven les mateixes preguntes d'abans: per què m'havien mentit d'aquella manera tan descarada?, i sobretot, per què volien desfer-se de l'avi com ell deia en les cartes? D'acord que de vegades era un pesat i que donava molta feina per la malaltia i tot això, però realment ells també serien uns pesats i donarien molta feina quan eren menuts, com jo, que puc arribar a ser molt pesat i impossible de parar si vull. De segur que als seus pares no els va passar pel cap abandonar-los o internar-los en qualsevol lloc quan eren unes criatures.

Ara ja sabia, també, per què l'avi s'havia escapat de casa. No tenia res a veure amb el rotllo de l'Alzheimer, de la pèrdua de la memòria i de tot això que m'havien contat. L'avi se n'havia anat perquè sabia que els pares el volien internar en una d'aquelles residències on deixen els vells i ja ningú s'ocupa d'ells fins que moren. La mestra ens n'havia parlat, a classe, moltes vegades. Perquè la mestra s'ocupa de cuidar sa mare, que és molt velleta i atendre-la li dóna molta feina. Però se n'ocupa. No li vaig fer molt de cas quan ho va explicar, però ara tinc clar que tenia raó. I per això s'havia escapat l'avi. I ara també entenia allò que deia la carta: que qualsevol mariner fugiria si sabera que anaven a enfonsar-li el vaixell.

I això és el que havia fet l'avi: pujar al vaixell i fugir abans que els filibusters vingueren a endur-se'l.

De tota manera continuava sense saber què podia fer per ajudar l'avi. I sobretot, no entenia com podia pretendre que fóra jo, un xiquet de deu anys, qui anara a rescatar-lo. Potser era perquè quan jugàvem, jo sempre el salvava. Però açò no era un joc. No ho era en absolut. Per començar no tenia ni idea d'on es trobava el carrer de la Marinada on el germà de l'avi tenia el bar. Però tal vegada l'avi es trobava allí i, en conseqüència, jo havia d'anar-hi. I dins de mi les preguntes continuaven creixent: si l'avi era en aquell lloc, com pot ser que no ho saberen els pares? I si ho sabien, per què no anaven a buscar-lo?

I així, sense saber què fer ni què pensar, vam començar a sopar.

–Estàs molt callat –va dir la mare–. Com van els amics?

–Bé –vaig respondre–, els amics, molt bé.

–Quan he arribat estava sol al pati... completament sol –va dir el pare.

La mare em va mirar com dient-me, «com quedem?, jugaves amb els amics o estaves sol?»

–No hi eren –vaig contestar abans que em feren una altra pregunta.– Segurament se n'havien anat a fer una volta.

–Has passat tota la vesprada sol al pati? –va preguntar la mare molt estranyada.

–L'he passada sol, sí.

–I es pot saber què fa un xiquet de deu anys sol tota la vesprada? Estàs boig?, per què no has pujat a casa?

–No estic boig, mare. Estava llegint.

Els pares es van mirar amb cara d'estranyesa.

–Llegint què? –va preguntar el pare mentre mossegava el sandvitx de pernil i formatge.

–Llegint les cartes de l'avi al seu germà Bernardino.

CAPÍTOL 7

En dir-ho vaig pensar que acabaríem com el ball de Torrent. No sé què era això, però quan la mare avisa que me n'armarà una de bona, ho diu així: *ací acabarem com el ball de Torrent.* Per això vaig pensar que hi hauria crits, que al pare, com abans amb els espaguetis, se li ennuegaria el sandvitx, o que a la mare se li trencaria un altre got de l'ensurt.

Però no va passar res d'això.

El que van fer els pares va ser posar-se molt seriosos.

Primerament entre ells.

Després amb mi.

–De quines cartes parles? –va preguntar el pare deixant el sandvitx sobre el plat (crec que avui tampoc sopa. «Es morirà de fam amb tot açò», vaig pensar).

Em vaig alçar i vaig eixir de la cuina. El pare no es va moure de la taula, però la mare, a l'acte va venir darrere de mi. Vaig entrar a l'habitació de l'avi i vaig pujar a la cadira. Vaig apartar el llibre gros i vaig traure la caixa.

–D'on ha eixit això? Jo no ho havia vist mai abans –va dir la mare bocabadada.

Vam tornar a la cuina. El pare seguia sense menjar.

–Aquestes cartes.

Mentre ho deia les vaig deixar tirades al costat del plat.

A veure què feia ara. A veure com se sentia en saber que jo sabia que m'havia mentit d'aquella manera tan descarada. I jo, ben tranquil, vaig seure i vaig començar a sucar galetes en la llet amb cacau.

Ell les va agafar, i clavant els ulls en els de la mare, se les va emportar al saló.

Sense sopar.

La mare i jo vam continuar sopant en silenci. Se la veia molt preocupada. Em va fer moltes preguntes. Què havia llegit. Què explicava l'avi en aquelles cartes. A qui les escrivia. Quan les havia escrites. Per què no les havia enviades.

Volia saber-ho tot, com jo.

Tant d'interés em va deixar clar que darrere de tot l'assumpte de la fugida de l'avi hi havia molt més del que m'havien explicat.

I com que ella volia saber, doncs jo li ho vaig contar (això sí: no li vaig dir que l'avi m'havia enviat una carta a *mi* i no a ells). Li vaig parlar de tot el que havia llegit aquella vesprada. I li vaig dir, també, que sabia que Bernardino existia, i que existia La Taverna del Pirata, i que sabia que era el bar de l'oncle Bernardino, i amb la intenció que sonara graciós vaig afegir: «Ja saps, eixe que no existeix, eixa imaginació de l'avi a la qual no hem de fer cas...». Però no li vaig parlar ni de la carta ni de la targeta amb l'adreça del bar.

–I com has descobert la caixa?, t'ho va dir l'avi?

En això també vaig haver de mentir, és clar.

–Res, per casualitat. Regirant l'altre dia entre les coses de l'avi. No feien res en la tele i estava molt avorrit i va ser aleshores quan, en moure el llibrot eixe tan enorme, vaig descobrir la caixa.

–I estava oberta? –va preguntar ella (que espavilada!)–. Perquè de segur que tenia un pany.

I vaig tornar a mentir. Quin remei!

–Estava oberta, sí. Per què havia de voler tenir-la tancada, l'avi?

Quan ja volia fer-me una altra pregunta, va entrar el pare. Va seure i va fer una mossegada al sandvitx (finalment, soparia; em feia l'efecte que estava desesperat de no menjar...).

–Està fred.

–És clar –vaig dir–, fa mitja hora que l'has deixat. Jo les he llegides en molt menys temps que tu.

Ens vam quedar els tres en silenci. Les cartes tornaven a estar damunt la taula, aquesta vegada prop de la mare, que va aprofitar per a agafar-les. A mesura que anava fent-hi una ullada, la cara li deixava veure l'estupor i la sorpresa que li causava el que estava llegint.

El pare va dir:

–Veuràs. Hi ha coses que són difícils d'explicar a un xiquet.

Una altra vegada!, vaig pensar. Ara és quan començaran a dir que quan siga gran serà quan ho entendré.

–Hi ha coses que només pots comprendre quan ja ets gran.

Què us havia dit?

–Mira, pare –el vaig interrompre. I el vaig mirar molt seriosament. Perquè semblara que tenia més anys dels que tenia en realitat–. L'únic que sé és que l'avi sabia que volíeu tirar-lo de casa i tancar-lo en una d'eixes residències horroroses on «aparquen» els vells fins que es moren.

El dos es van quedar muts després que jo haguera dit això. Per a mi, era com si tingueren o por o vergonya. No sé quin dels dos sentiments era el que més s'assemblava a la cara que feien.

–És cert? –vaig preguntar encara més seriós del que ja estava mentre contenia, amb molts problemes, ho reconec, unes llàgrimes impertinents que insistien a caure dels ulls, quan jo no volia, no volia plorar, havia de semblar un home fet i no plorar.

Així que vaig repetir, quasi a crits:

–És cert?

La mare i el pare van respondre alhora. Però el problema va ser que ella va dir, «sí», i ell va dir «no». Després es van mirar fixament de nou, però aquesta vegada molt més nerviosos. Jo vaig mirar la mare. D'alguna manera sabia que era la que em deia la veritat, no el pare.

–Sí?, és cert això, mare? –li vaig preguntar–. És veritat que volíeu deixar l'avi en un d'eixos llocs horrorosos? –vaig enfurir-me fins que vaig començar a cridar ja més seriosament...–. De veritat volíeu deixar l'avi en una residència?

Va ser el pare qui em va contestar.

–Sí, Paulo. És cert. La veritat és que...

No li vaig deixar acabar la frase. Vaig eixir de la cuina corrent. Vaig deixar la llet i el cacau i tot. No aguantava més estar allí amb ells. Me'n vaig anar corrents i plorant i, en alçar-me, la cadira va caure. Vaig eixir corrents encara que no sabia cap on havia de córrer per allunyar-me tant com fóra possible d'ells. A més, la nostra casa no és molt gran. On podia anar? Així que vaig entrar al saló i em vaig deixar caure al sofà. I allí vaig plorar i plorar. Ells van venir darrere meu i van seure al meu costat. Vaig començar a dir-los coses horribles i molt dures. I vaig plorar tant que em van venir sanglots, i em queien els mocs. Feia crits als dos i pegava colps de peu al sofà (que, per cert, no tenia la culpa de res). Però és que no podia comprendre que foren capaços de portar-se tan malament amb ell. Volien tirar l'avi de casa!, on s'ha vist una cosa semblant?, quina classe de persones eren?

–Per què? Volíeu desfer-vos d'ell per la malaltia? Perquè té l'Alzheimer eixe i fa ximpleries? Tots en fem, de ximpleries! Tu també, pare! Tu en fas moltes. I la mare en fa de tant en tant! Qui no en fa?

El pare em va acariciar el cap, però el vaig moure amb un gest sec i ell va retirar la mà.

No volia que el pare em tocara.

No volia que em parlara.

No volia res ni del pare ni de la mare.

Tan sols volia plorar i plorar i quedar-me així, vinga a plorar durant una bona estona. Fins que se'm van assecar els ulls.

–Mira –el pare va començar a parlar amb una veu molt suau, intentant tranquil·litzar-me, ja ho sé, com si fóra una criatura–, l'avi no està bé. Això ja ho saps. I nosaltres no podem atendre'l.

–Ja! –vaig dir alçant el cap i seient molt dret, perquè se'm notara el disgust i la ràbia–. I com que no el podeu atendre, en lloc de demanar ajuda o de parlar amb algú que ens puga donar un colp de mà, decidiu plantar-lo al carrer! Molt espavilats. I això que sou vosaltres els adults!

–Ningú volia deixar-lo al carrer –va dir el pare. La idea era portar-lo a una residència on pogueren cuidar-lo. Deixar-lo allí perquè tingueren cura d'ell.

–En eixes residències els tracten molt malament! –vaig cridar començant a plorar de nou.

–Qui t'ho ha dit? –em va preguntar la mare.

–La mestra. Ho va explicar a classe: que hi havia gent que hi deixava els seus pares i no tornaven a veure'ls mai més. Això no és tractar malament les persones? Tu vas sempre atrafegat amb l'oficina i la feina. Si no li fas ni cas quan és a casa, d'on trauràs el temps per anar a visitar-lo?

Els pares van callar, de nou, com si no saberen què contestar-me (de fet, estic segur que no ho sabien). Jo tenia tota la raó. Què m'havien de dir si era claríssim que la tenia? I com que continuaven callats, doncs jo vaig llançar una altra pregunta.

–La Taverna del Pirata existeix?

–Va existir –va respondre el pare–, però fa molts anys que la van tancar.

–I l'oncle Bernardino? On és?

El pare va mirar molt seriós la mare. Jo vaig repetir la pregunta:

–On va anar a parar l'oncle Bernardino?

–No ho sabem. Fa molts anys que no sabem res d'ell. Aproximadament deu anys. Des del dia que l'avi va venir a

viure amb nosaltres, quan l'àvia va faltar. Des d'aquell dia, no sabem res d'ell. Creiem que se'n va tornar a la mar.

–Era mariner, com l'avi?

–Ho era –va dir el pare–, i l'última cosa que vaig parlar amb ell era que tornava a la mar, que tancava el bar i que s'embarcava de nou. Des d'aquella ocasió no hem tornat a parlar i no es va posar mai en contacte amb nosaltres. L'oncle Bernardino no ens va telefonar mai per saber com estava el germà. Va dir alguna cosa d'enrolar-se en un gran vaixell d'eixos que van pels mars d'Àsia.

La resta del dia vaig estar mirant la tele. Sentia que el cos em pesava i em feia un poc de mal el cap, com si estiguera agafant la grip. Ja sabeu quina és la sensació després d'haver plorat molt. És com quan tens febre o tens ganes de vomitar. Però no em vaig queixar. Assegut al sofà vaig deixar que els minuts passaren. Volia oblidar-ho tot i que ells m'oblidaren a mi. Els pares no es van atrevir a dir-me res. Quan passe molt de temps davant de la tele (i no en passe mai tant com voldria), la mare em renya i l'apaga. Aquell dia era com si poguera estar tot el dia mirant-la. Estava segur que no vindrien a impedir-m'ho.

A la cuina, la mare renyava el pare. Ho feia en veu baixeta. Però el renyava. Sí, només la mare sap fer una cosa així: clavar-te un esbronc sense alçar la veu. Té molt de mèrit el que fa la mare: posar-te la por al cos sense quasi ni cridar. (Encara sort que no és mestra...). Jo vaig abaixar un poc el volum de la televisió per sentir-los millor.

–Et vaig dir que se n'adonava! Et vaig dir que sabia del que parlàvem! Et vaig dir que no podíem parlar de la residència davant de ton pare, que s'adonava del que parlàvem! I tu vinga a insistir que no se n'assabentava, que ni ens sentia.

–Però dona, com havia de saber jo...

–És clar que sí! Ton pare està malalt. Però no està boig. Ens van dir que no podíem parlar d'aquestes coses davant seu –alçant un poc la veu i abaixant-la després, perquè jo no ho sentira (però jo ho sent tot quan vull i m'interessa: sóc com un gat).

Després van eixir de la cuina i la mare em va dir que era hora de dutxar-me. Vaig protestar i vaig dir que no era necessari, que estava netíssim, a veure si com que estaven tan amables amb mi pel que havia passat amb les cartes i pel meu disgust i tot això, podia passar de la dutxa (quan dic aquestes coses, la mare diu que sóc una miqueta porc, però no és que ho faça per no dutxar-me, sinó perquè estava a la meitat d'una pel·lícula i no volia perdre'm el final (em molesta molt no veure les pel·lícules senceres), però la mare, que ja tornava a ser ella mateixa, la mare de sempre, em va mirar molt seriosa i em va enviar a la dutxa sense possibilitat de protestar.

–Vés cap a la dutxa! I sense protestar, entesos? –i va afegir:– Entre tu i ton pare em tornareu boja!

Ja la tenim! Abans era l'avi qui la feia embogir. Ara, com que ell no hi era, érem nosaltres.

La qüestió és tornar-se boig.

A la dutxa, davall el doll d'aigua calenta, vaig prendre la gran decisió.

CAPÍTOL 8

Abans, no havia enganyat mai els pares. A veure, enganyar, enganyar, el que és enganyar, sí que ho havia fet alguna vegada, tothom ho fa d'una manera o d'una altra. Alguna mentida sense importància de tant en tant sí que se li escapa a qualsevol. Li passa a tot el món. Però sempre que ho he fet eren boles diminutes i menudiues, tan insignificants i microscòpiques que no poden ni considerar-se mentides ni mentidetes ni boles ni res. Vull dir, mentides del tipus «no tinc deures per demà», quan sí que en tinc, i coses així. Les normals, les que diu tota la gent (vosaltres no feu aquestes coses? Sóc l'únic xiquet del món que les diu?, i què més?). En fi, mentides minúscules, que ni són mentides ni són res.

Mentides que no compten.

Mentides amb *m* minúscula.

Però aquell diumenge de matí vaig dir una mentida de veritat.

Una mentida grossa i de les bones.

Una de les que compten.

Una mentida amb una M molt gran.

Una d'aquelles mentides que, per tot el que va passar després si ho arribe a pensar dues vegades abans de dir-la, potser no m'atrevisc a contar-la. La veritat és que no sé molt bé per què ho vaig fer, o sí que ho sabia i ara m'estime més dir que no ho sabia. En fi, que estic armant-me un embolic i em fa l'efecte que no esteu entenent res de res.

La cosa és que vaig dir una mentida grossíssima, en fi, vull dir, una Mentida Grossíssima, de les que s'escriuen així, amb majúscules. Perquè m'entengueu.

Després del desdejuni, quan ells ordenaven la casa (el pare passa, protestant, l'aspiradora, mentre la mare neteja els banys, torca la pols, planxa, neteja els vidres, passa un drap amb amoníac pel terra, neteja les portes, endreça la meua roba, la seua i la del pare als armaris, etc., etc. i tot sense protestar...), vaig dir que me n'anava al carrer, al pati, que havia quedat amb Maria.

Mentida podrida.

Perquè Maria, els matins dels diumenges ix amb son pare amb bici (el meu no sé si sap anar amb bicicleta, però com que no està en forma, no crec que arribara molt lluny sense ofegar-se...). I la veritat és que la bola va colar i no ho entenc, perquè ells, sobretot la mare, que és molt amiga de la mare de Maria, sap molt bé el que fan els diumenges al matí, que ella se'n va amb la bicicleta a fer un poc d'esport pels voltants, amb son pare. La veritat és que vaig ser un poc ximple, hauria d'haver buscat una excusa millor, però va ser la que em va venir al cap en aquell moment.

La mare va dir «d'acord» (el pare no podia sentir res amb el soroll que feia l'aspiradora). I me'n vaig anar.

I direu: «Doncs, quina mentida! Aquest xiquet és un fatxenda».

Doncs no. No ho és. La bola no és tan grossa, és cert, però era l'inici d'una cosa molt grossa.

Així que no sóc cap fatxenda.

Abans d'eixir per la porta vaig agafar uns pocs euros de la caixa dels diners. Crec que portava un bitllet de vint i un altre de cinc (tinc una caixa de fusta, molt semblant a la de l'avi on hi havia les cartes; allí guarde els diners que em donen de tant en tant els oncles i els pares). En una de les butxaques de darrere dels pantalons portava la targeta de La Taverna del Pirata, aquella que havia trobat dins de la caixa de l'avi i de la qual no havia dit res als pares, i on venia aquella adreça que ja sabia de memòria: carrer de la Marinada, 3.

Al costat del pati de casa hi ha una cafeteria. És l'única de tota la zona i deu ser per això que sempre és plena de gent desdejunant o prenent cerveses o vins i eixes coses que fan els adults, que quasi sempre estan assedegats, que si no, no s'explica... Devien ser més o menys les onze del matí.

Vaig entrar a la cafeteria i vaig anar directament al telèfon verd que tenen perquè puguen telefonar els qui no tenen mòbil (us imagineu mon pare, el rei del mòbil, parlant des d'un d'aquells aparells?). Vaig posar una moneda de vint cèntims i vaig demanar un taxi. El número dels taxis és molt fàcil de memoritzar, i acabava de buscar-lo en la guia telefònica abans d'eixir de casa. Havia baixat fins a la cafeteria repetint-lo mentalment perquè no se m'oblidara, per poder telefonar des d'allí, ja que, com és lògic, des de casa no ho podia fer.

Després de demanar el taxi vaig seure a l'entrada de la cafeteria a esperar.

Vaig pensar que tardaria més temps, però la veritat és que a l'instant ja havia arribat. Hi vaig entrar molt decidit (perquè que no se'm notara la falta d'experiència, ja que mai abans no havia viatjat sol en un taxi) i vaig dir l'adreça al conductor.

–Vaig al carrer de la Marinada número 3, per favor.

–Això és pel nucli antic.

Certament jo no tenia ni idea d'on hi havia el carrer en qüestió. De fet, ni sabia molt bé on era el nucli antic eixe, perquè jo sempre havia anat a tots els llocs amb els pares i no prestava molta atenció als llocs on em portaven. Però perquè no se'm notaren els nervis, vaig contestar amb convenciment i carregat de raó:

–Per descomptat. Pel nucli antic. On havia de quedar si no?

No sé si tots els taxistes del món condueixen com el que em va portar aquell diumenge al matí. Però corria moltíssim. Tal vegada havia sigut campió de fórmula 1 o alguna cosa semblant. O potser era perquè a aquelles hores d'un diumenge, la ciutat estava deserta de cotxes perquè tothom dormia o desdejunava i no havien d'anar a treballar i, sense trànsit, s'hi podia circular més ràpidament.

Així que no vam tardar ni cinc minuts a arribar-hi. El cotxe va pegar la volta davant de la cafeteria (jo sabia que hi havia una línia contínua, i que això no es pot fer, però el taxista ho va fer... el pare també ho fa cada dia...), i vam entrar en un túnel enorme que està sempre fosc i que, segons el pare, «va per davall del mar». La mare sempre el corregeix i precisa que tan sols va «apegat al mar». A mi m'agrada més pensar que va per davall del mar. Així em fa més por.

Vam eixir del túnel i vam arribar al que vaig suposar que era el nucli antic de la ciutat del qual havia parlat el taxista. Perquè les cases em van semblar més antigues i tot era de pedra. De pedra vella.

–Xiquet, has de baixar ací.

–Ja hem arribat al carrer de la Marinada? –vaig preguntar al taxista quan va parar el taxi mentre buscava a dreta i a esquerra un rètol o alguna cosa on posara La Taverna del Pirata.

–No. Però aquesta és una zona per a vianants i el taxi no pot continuar. Per ací no poden circular els cotxes. Així que has de baixar. Són sis euros i cinc cèntims. Vinga, dóna-me'n sis.

Era un taxista generós. M'havia perdonat cinc cèntims.

Vaig traure el bitllet de vint euros i li vaig pagar. Em va donar el canvi i el vaig guardar. Vaig obrir la porta i vaig eixir, tot i que no tenia ni idea de per on havia d'anar per tal de trobar el bar que buscava.

Per això, en posar els peus en terra, vaig començar, ho reconec, a posar-me un poc nerviós.

–Vosté sap per on queda La Taverna del Pirata?

El taxista estava guardant el bitllet. Es va fixar en el que feia i després va guardar la cartera a la butxaca de la camisa.

–Doncs, és clar, criatura. Tothom sap on hi ha La Taverna del Pirata. És un dels bars més antics de la ciutat.

–Però, no l'havien tancat?

–No! –va respondre molt estranyat–. És per allí baix! Sempre ha estat al mateix lloc tota la vida. És quasi tan antic com la ciutat.

AXI

No vaig dir res perquè no em prenguera per un ignorant. Però el cor, pels nervis, va començar a anar per lliure, és a dir, a bategar molt de pressa.

–Tan sols has de baixar aquest carrer, i cap al final, et trobaràs de cara La Taverna del Pirata. No tens pèrdua. El carrer de la Marinada és aquell. Així que el bar és justament allí baix.

Després es va mirar el rellotge i em va dir:

–Tal vegada ja deu estar obert. Preparen un polp boníssim i ja deuen tenir-lo coent al foc.

Va posar el cotxe en marxa i, des de la finestreta del taxi, em va dir abans d'anar-se'n:

–Tal volta ens veiem, després, a l'hora del vermut.

El primer que vaig pensar és que al nucli antic no vivia ningú. Perquè no hi havia ningú ni per davant ni per darrere ni pels costats del bar. No hi havia ningú enlloc. Bé, sí que hi havia un gat negre que va passar pel meu costat sense fer-me ni cas.

Reconec que vaig sentir un poc de por. Vaig començar a pensar que no havia sigut una bona idea anar-me'n de casa i arribar sol fins allí. Però què hi podia fer, emportar-me el pare?

Tal com el taxista m'havia indicat, vaig començar a caminar costa avall. Mai abans havia vist un terra tan estrany, de pedres negres molt grosses, com taulells gegants. Devien tenir més d'un milió d'anys. I vaig comprendre per què li deien el nucli antic.

A dreta i a esquerra hi havia rètols de pensions, de botigues de roba rara i molts bars, sobretot molts bars, això sí, tots tancats. Devia ser per l'hora o perquè era diumenge. Vaig començar, també, a notar una olor agradable i estranya que venia pertot arreu. Una olor de cuina molt calenta, un dia d'hivern molt fred. Potser era una olla amb el polp del bar del meu oncle, com havia dit el taxista...

Vaig arribar al final del carrer i vaig veure la placa: Carrer de la Marinada. I allí, efectivament, hi havia un bar. Però no hi havia cap rètol amb el nom del bar, així que no podia saber si era La Taverna del Pirata o no. Jo mirava a totes bandes buscant un cartell que em fera eixir de dubtes. Però no n'hi havia cap. I encara em vaig esglaiar més quan em vaig adonar que, si havia de tornar-me'n sol a casa des d'allí, no sabia com havia de fer-ho.

Em vaig acostar a la porta d'aquell bar. Estava obert però tampoc hi havia ningú. Ja ho tenia clar: el nucli antic de la meua ciutat era com un desert. En aquell instant va sonar, molt forta, una campana que tocava les dotze del migdia. Vaig fer un salt de l'ensurt i un grup de coloms, més espantats que jo, em van passar per damunt del cap. Potser per això, per l'ensurt que em van donar les campanes, vaig entrar encara un poc més dins del bar. Els peus xafaven una espècie de pols groga com de fusta trencada i les parets estaven cobertes de fotos molt velles que, a l'instant, em van recordar les que vaig descobrir a la caixa de l'avi. Fotos de gent al voltant d'una taula. Fotos de mariners, això era evident. N'hi havia alguns que eixien amb rems i d'altres posaven amb boines dins d'unes xalanes. Fins i tot algunes eren les mateixes que les de la caixa de l'avi.

–Hola!

Vaig continuar entrant. Les taules eren de marbre i semblaven, com a mínim, tan velles com el terra del qual abans us he parlat. Hi havia uns bols blancs buits damunt d'una taula. I una botella de vi, sense marca, oberta i també mig buida.

En aquell moment, un home va eixir de la cuina. I em va donar un ensurt de mort.

–Què vols, xiquet?

Qui em parlava era un home altíssim. Mai abans no havia vist un home tan enorme. Era com un gegant. O m'ho va semblar. De poc faig mitja volta i m'escape corrents. Vestia uns pantalons foscos i una camisa. Em va semblar molt gran. Però no vell. Com a mínim, no tan vell com l'avi.

–Açò és La Taverna del Pirata?

No sé d'on va eixir aquella veu, però vaig sentir una espècie de crit de felicitat que arribava d'algun lloc al fons del bar i que vaig reconéixer de seguida.

–Simbad!

L'avi va eixir de la cuina. Jo em vaig quedar quiet, paralitzat, com si tinguera cent quilos de pedres apegats als peus. No ho podia creure. Que fàcil que havia sigut tot!, no m'hauria imaginat mai que apareixeria així, hala!, ja està, ja havia trobat l'avi, sóc el xiquet més llest del món, que em donen un premi, visca, visca... En veure'm, el pobre, que està vellet, va venir cap a mi tan ràpidament com va poder i, de poc, cau a terra en entropessar amb la taula que hi havia just davant meu.

Em va abraçar amb tanta força que vaig pensar que em deixaria sense respiració.

–El meu xicotet Simbad! El meu mariner! Has vingut a buscar-me! Has vingut a buscar-me! Has vit, Bernardino, com Simbad vindria a buscar-me? –i continuava cridant i

petant-se de riure com un boig repetint sense parar– Simbad! Simbad! Has vingut a buscar-me!

–Sí, avi –vaig contestar quan vaig aconseguir alliberar-me de la seua abraçada, quasi sense aire (era vell però estrenyia amb molta força)–. Vaig rebre la teua carta. He vingut a buscar-te.

L'avi em va mirar estranyat. Com si no comprenguera el que li deia.

–La carta la vaig escriure jo –va dir l'home que hi havia amb nosaltres.

Aquell home gran com un castell era, per descomptat, l'oncle Bernardino. No calia que ningú ens presentara. La cosa estava molt clara. L'única sorpresa era que havia sigut ell qui m'havia escrit la carta. Vaig comprendre (i em va agradar) que havia sigut l'oncle Bernardino qui ho havia arreglat tot per fer-me arribar fins a l'avi.

Malgrat que era la primera vegada que el tenia davant, em sentia com si el coneguera de tota la vida.

–Estàs igual que en les fotos –vaig dir.

L'oncle Bernardino em va agafar entre els braços i em va fer una abraçada. L'abraçada no va ser tan forta com la que m'acabava de fer l'avi, però sí molt càlida.

–L'avi ja està bé? –vaig preguntar a l'oncle.

L'avi s'havia assegut en una cadira i mirava fascinat cap a nosaltres.

Feia cara de felicitat. De felicitat autèntica. Una cara que jo no li havia vist mai.

De vegades, a casa, es posava molt content. Per qualsevol cosa. Per exemple, quan la mare feia empanada de sardines (l'avi adora l'empanada de sardinetes de la mare). Però aquella cara d'ara era diferent de totes les altres que jo li coneixia.

L'avi era feliç. Absolutament feliç. Com un xiquet menut molt feliç.

I tenia motius: Simbad havia vingut a rescatar-lo.

Una vegada més.

L'oncle Bernardino no em va contestar la pregunta sobre si l'avi s'havia curat o no. Però, a canvi, me'n va fer una altra.

–Saben els teus pares que has vingut ací?

–No. Me n'he anat de casa aquest matí. Els he deixat una nota dient-los que venia cap ací. Però no sé si l'han trobada.

–Com és això? –va preguntar l'oncle.

–Perquè l'he deixada dins de la caixa de l'avi.

–Quina caixa?

–La caixa de l'avi. On vaig veure les vostres fotos i vaig trobar aquesta targeta.

Vaig mostrar la targeta a l'oncle. Va esclafir a riure quan la va agafar. Va dir que ja feia molts anys que no tenia cap d'aquelles targetes.

–Com és que les vas guardar, Capità? –va preguntar l'oncle Bernardino a l'avi.

Ell no li va respondre. Va arronsar els muscles com dient, «no ho sé», i va tornar a riure.

–Tal vegada no els costarà molt endevinar on sóc.

Aquesta vegada va ser l'oncle Bernardino qui va fer una riallada enorme. Era un gegant, veritablement.

Com els de l'NBA.

L'oncle Bernardino, l'avi i jo vam passar com a mínim una hora parlant sense parar de mil coses diferents. L'oncle em va informar de com l'avi se li va presentar allí feia un mes molt matí. Que ni tan sols tenia el bar obert i que se'l va trobar mort de fred esperant-lo. I que li va dir: «Hola Bernardino. Vinc fugint dels filibusters».

–Em vaig emportar un ensurt molt gran en veure'l allí assegut a la porta del bar. Està tan prim que fins i tot vaig tardar un parell de segons a reconéixer-lo. Feia molts anys que no sabia res d'ell, i, trobar-me'l, així, de sobte, sol, amb sabatilles d'estar per casa!, tan matí, i dient-me aquelles coses tan rares, doncs em va esglaiar un poc. Però també em vaig emportar una alegria molt gran. Sempre he estimat molt el meu germà menut –l'avi continuava somrient–. Li vaig preguntar què passava, a què es devia aquella visita després de tant de temps. Em va contestar que els pirates volien enfonsar-li el vaixell.

–Es refereix als meus pares, que el volen deixar en una residència.

L'oncle Bernardino va callar durant un instant, com intentant assimilar el que acabava de dir-li. Després, va continuar explicant-me:

–De seguida em vaig adonar que el teu avi no està bé.

El vaig interrompre de nou:

–Té Alzheimer.

–Ja m'imaginava alguna cosa així. Està tot el dia assegut, on el veus ara, mirant les fotos de les parets, hores i hores sense moure's –vaig mirar l'avi, que, en efecte, estava ara molt callat observant aquelles fotos velles que l'oncle Bernardino té penjades per tot el bar–. Pràcticament no menja res, em costa molt fer-lo prendre qualsevol cosa. La veritat, no sabia molt bé què podia fer amb ell.

Quan l'oncle va acabar de parlar, vaig fer-li una pregunta que, per la cara que va fer, vaig comprendre que era una pregunta important.

–Oncle, per què no has vingut mai a veure'ns durant tot aquest temps ni ens has telefonat? És que tampoc vols saber res de l'avi, com els meus pares?

L'oncle Bernardino es va alçar perquè en aquell moment va entrar una senyora amb una botella buida. Sense dir res la va donar a l'oncle i ell es va ajupir davant d'una bóta i va obrir una aixeta de fusta de la qual va començar a eixir vi negre. Li va omplir la botella i la senyora li va donar una moneda. Després, va tornar a seure al meu costat.

–Veuràs, Paulo, aquesta és una pregunta que haurà de contestar ton pare.

I després es va alçar i se'n va anar a la cuina.

–Ara torne, que tinc el polp coent.

Jo em vaig quedar allí, al costat de l'avi, mirant amb ell aquelles fotos antigues i sense comprendre el que em va voler dir l'oncle amb això que havia de ser el pare qui responguera a les meues preguntes.

CAPÍTOL 9

El matí va passar d'una manera genial!

No havia vist l'avi parlar d'aquella manera mai. Va passar un braç per damunt del muscle del seu germà i va començar a explicar un centenar d'històries. Era com si despertara d'un somni molt llarg. Va parlar tant, que segur que em va parlar més en cinc minuts que tot el que ho havia fet abans en tota la vida. I això que nosaltres sempre parlàvem molt. De fet, amb l'únic que parlava a casa, quan vivia amb nosaltres, era amb mi. Amb els pares discutia o, simplement, es mantenia callat hores i hores encara que ells li feren preguntes. Ara, ací el teniu, contant-me històries sense parar. Una darrere de l'altra. Però històries de la seua vida, no dels llibres.

–Has de saber, Simbad, que Bernardino és com el geni de la llàntia meravellosa. Però més gran. Pots demanar-li el que vulgues que serà capaç de fer-ho o d'aconseguir-ho. Ahir mateix uns xicots van voler ficar-se amb mi i llevar-me la trompa quan estava jugant al carrer i Bernardino va venir i els va espantar i em van deixar en pau –l'avi, ja ho sabeu, té Alzheimer, i de vegades parla de coses del passat com si passaren ara mateix, i m'ho explicava com si ell i Bernardino foren encara uns xiquets entremaliats. L'oncle em va fer una mirada trista però jo vaig somriure... perquè jo ja hi estava acostumat–. Eren els mateixos xiquets que la setmana passada estaven nadant a la platja i van pujar a la xalana del pare, veritat que sí, Bernardino? I aleshores Bernardino va anar nadant i la barca va pegar la volta i van caure.

L'avi va esclafir a riure i, efectivament, s'ofegava amb les rialles i vam haver de pegar-li uns colpets a l'esquena perquè recuperara l'alé. Es va posar un poc morat perquè li faltava l'aire però, tot i això, reia i reia i no parava de riure...

–Com l'altre dia, ho recordes Bernardino?, quan vam eixir amb la xalana del pare a buscar cloïsses i jo em vaig caure a l'aigua i quasi m'enfonse. Has de saber, Simbad, que si no haguera sigut per Bernardino, que és fort com un camió, m'hauria ofegat allí mateix. Es va tirar a l'aigua i em va traure ràpidament com un llamp –l'oncle Bernardino em va mirar i, movent el cap, anava confirmant que aquella història era certa–. Bernardino sempre em salva de tots els problemes. I ara Bernardino aconseguirà que els filibusters no m'enfonsen el vaixell.

Després de dir això, va ser l'oncle Bernardino el qui va parlar. I em va explicar que quan eren menuts sempre anaven junts, l'un al costat de l'altre, que eren inseparables i que, d'alguna manera, sempre li tocava a ell tenir cura de l'avi.

Sa mare atenia el bar (endevineu quin bar?, sí, és clar, La Taverna del Pirata!), i son pare sembla que tenia una xalana amb la qual eixia a buscar cloïsses i altres mariscos i era d'això del que vivien. Els dos ajudaven en les feines del mar i del bar. «Tu també treballaves al bar, Capità?», vaig preguntar a l'avi. Em va respondre que sí, que portava barrils de vi al celler i que servia beguda als mariners i que preparava les tapes de polp *à feira* i que feia totes aquestes coses i altres i totes les que li demanaren.

I mentre explicava i explicava vaig comprendre per què l'avi tenia aquella obsessió, quan era a casa, de preguntar per Bernardino i de parlar d'ell tothora i de repetir allò de «Bernardino no faria mai una cosa semblant», o «Bernardino sempre em deia que»... L'oncle era, a més del seu germà, el seu millor amic, el seu heroi, el seu company.

Quan va acabar d'explicar-me totes aquelles històries del passat, vaig preguntar a l'oncle si ell era més gran que l'avi, perquè la veritat és que no ho semblava. L'oncle Bernardino pareix molt més jove.

–Sí. Jo sóc cinc anys més gran. Però la malaltia i la mort de l'àvia el van deteriorar moltíssim.

L'avi ens va interrompre i va dir:

–Conta-li, Bernardino, el que va passar amb son pare. Conta-li el que va passar amb el pare de Simbad. Explica al meu nét les coses importants que ha de saber per comprendre el filibuster de son pare. Conta-li-ho! Conta-li-ho, Bernardino, conta-li-ho tot!

Vaig obrir molt els ulls, sense comprendre el que deia. Feia ben poc parlava l'avi de la seua infantesa, explicava les aventures que els havien passat als dos com si realment estigueren succeint ara, molt divertit i molt feliç, i de sobte, tornava al present per insistir-li de nou que m'explicara un fet que tenia a veure amb mon pare.

Igual que abans, l'oncle Bernardino va mirar molt seriós cap a l'avi i li va contestar, més seriós encara:

–Ni parlar-ne! Ja t'ho he dit! No parlaré malament de ningú. I encara menys al teu nét de son pare. Ja et vaig dir que això ho havia de fer el teu fill. Si vol. Però no jo.

En aquell instant, vaig mirar el rellotge que hi havia darrere del taulell. Eren les dues i mitja de la vesprada.

–De segur que els pares m'estan buscant com a bojos.

I després d'això em vaig sentir malament i molt nerviós perquè estava segur que estarien angoixats i desesperats per la meua desaparició. La mare potser estaria plorant, preguntant per mi per tot el barri. M'havia escapat molt lluny, i tenia prohibit eixir del pati! I quan ja estava jo també a punt de posar-me a plorar per l'angoixa que m'estava entrant de pensar en tot això, l'oncle em va dir:

–Vols que els telefone?

Vaig dubtar... però li vaig contestar que no. Vaig recordar el que havien pensat fer a l'avi i en l'enrabiada que vaig agafar amb l'assumpte de les cartes. Estava convençut que més tard o més d'hora descobririen la caixa on havia posat la nota. La mare, ja us ho he dit moltes vegades, és molt llesta, i de segur que buscaria directament en aquell racó darrere del llibre gros de l'avi, on hi havia la caixa. Allí descobriria el paper on els deia que havia vingut cap a La Taverna del Pirata. I per si se'ls havia oblidat on era, havia copiat en la nota l'adreça que indicava la targeta. Estava segur que així vindrien a buscar-me.

I així va ser.

Dit i fet.

Un taxi va parar just a la porta del bar («no havíem quedat que era zona per a vianants i que els cotxes no podien arribar fins allí»?). I igual que en les pel·lícules de policies, els pares van eixir quasi volant per la porta del cotxe, directes cap a nosaltres.

Em vaig esglaiar en veure entrar mon pare d'aquella manera tan estrepitosa al bar. Com una tromba, com un bou. L'avi va cridar, «Atenció, Simbad! És el moment de fugir!», i va eixir disparat cap a la cuina. L'oncle Bernardino va agafar la mà a l'avi i a mi, agafant-me el braç, em va ordenar seure.

–Com has pogut fer una cosa així, Bernardino? –va cridar el pare.

La mare estava callada, molt seriosa, i li queien unes llàgrimes grosses com a grans de raïm per la cara. A punt vaig estar jo també de començar a plorar en aquell moment. Perquè el canyaret que es va armar va ser impressionant. Cridava el pare. Cridava la mare. Cridava l'avi («Simbad, trau les espases!», «Solta'm, Bernardino, vull tallar el cap a eixe filibuster!»). I jo també em vaig posar a cridar, «Quiets!, quiets!!!!», però, és clar, no em sentia ningú. Va començar a congregar-se gent a la porta del bar per contemplar l'espectacle. Fins i tot el taxista que els havia portat va eixir del vehicle i estava atent, atònit, al guirigall que estàvem muntant.

El pare cridava a l'oncle, i li deia coses molt lletges i l'acusava de ficar-me «idees» al cap (això és el que va dir: «idees»). I va arribar a dir-li que era un «segrestador». Supose que ho deia no per mi, que estava clar que me n'havia anat de casa voluntàriament (per això havia deixat la nota..., per cert,

TAXI

vaig veure que la mare la portava tota rebregada a la mà... ja us he dit que era molt llesta, llestíssima, a la mare no hi ha qui l'enganye), sinó per l'avi, com si l'oncle Bernardino el tinguera allí segrestrat. Quina idea més estúpida... L'oncle es va quedar callat, dret, mirant molt enfadat mon pare. L'oncle el mirava fixament des d'allà dalt, des dels seus ulls de gegant (sobrepassava com a mínim dos caps el pare). En aquesta postura (amb el pare mirant amunt, intentant veure l'oncle) em va semblar menudíssim...Vistos així, eren com actors d'una pel·lícula de dolents just abans de començar a pegar-se colps de puny. En aquell instant, li va sonar el mòbil i, segurament per això van deixar de mirar-se d'aquella manera tan horrible. Aquesta vegada (encara sort!) no va contestar.

El va apagar.

O siga que l'assumpte era seriós.

Perquè el pare, si apaga el mòbil, és que la cosa és grossa.

–Hauré d'anar a la policia, Bernardino. Te n'has passat molt. D'aquesta no et salves.

Aleshores, després de sentir dir al pare que volia telefonar a la policia perquè feren alguna cosa a l'oncle Bernardino, que havia acollit l'avi amb tanta generositat i que significava tant per a ell, alguna cosa va començar a créixer-me per dins. No sé si era calor o fred o ràbia o desassossec o tristesa o mal humor o què era el que em passava, però vaig fer un crit que els va deixar a tots callats i, supose, espantadíssims:

–Calleu tots d'una vegada! Parlem de tot açò com gent adulta que som!

Jo mateix em vaig quedar sorprés pel que acabava de dir. Millor dit: pel que acabava de cridar. Però la veritat és que el pare va callar un moment, i l'oncle Bernardino, que ja anava a obrir la boca per a replicar, supose, mon pare i defensar-se del que li deia, va fer el mateix.

Així que vaig continuar disparant.

–Seieu tots ara mateix i escolteu-me ben callats! –i per a impressionar-los encara més, vaig soltar la frase preferida de la mare en aquest tipus de situacions:

–I sense protestar ni obrir la boca per a res!

I així ho van fer.

En veure'ls així, asseguts, atenent-me, pendents de mi, bocabadats, vaig comprendre per què la mestra, de vegades, ens clava eixos crits tan forts a classe.

El pare va seure en una taula. L'oncle Bernardino va dir que anava a tancar el bar, «perquè puguem parlar amb més calma i sense que ningú no ens moleste. A més, és l'hora de dinar. Fins a l'hora de la partida de cartes no ve ningú». L'avi va seure en una altra taula amb la mare.

–Quan tot açò acabe, em faràs empanada de sardines?

En sentir la pregunta que l'avi li havia fet, la mare va començar a riure. Però jo em vaig mantenir seriós. Com un home. Ara els tenia a tots calladets i disposats a escoltar tot el que calguera, i no podia llançar-ho a perdre per còmica que fóra la situació (el pare parlant d'anar a la policia pel segrest de l'avi i no sé quines altres ximpleries que havia dit, i mentrestant, l'avi, preocupant-se per si li farien empanada de sardines... no em digueu si no era per a partir-se de riure...). Vaig decidir dominar la situació. Si ells, que eren els adults, no eren capaços, hauria de fer-ho jo. Ja n'hi havia prou, de tanta ximpleria! No m'agradava gens el que estava passant. L'avi se n'havia anat feia un mes, un mes!, i els pares sabien, probablement, on era i no havien fet res per venir a buscar-lo! I encara pitjor: ara apareixia el pare amenaçant l'oncle Bernardino a denunciar-lo a la policia per segrestador... Era clar que en aquell assumpte hi havia molt més del que deixaven veure, i jo estava disposat a exigir que m'ho explicaren tot, absolutament tot. I que m'ho explicaren ja.

–Tu sabies on parava l'avi? –vaig preguntar al pare.

–I tant que no! Si ho haguera sabut, hauria vingut corrents a buscar-lo!

La resposta em va semblar sincera. Però malgrat això hi havia alguna cosa que no encaixava. Si l'avi sempre parlava del seu germà, i eixe germà, que ells deien que no existia, sí que existia, i tan prop de casa, bé podien imaginar que devia estar allí. Va ser l'oncle qui va parlar:

–Paulo, segurament, ton pare pensava que aquest lloc ja no existia.

–És cert. Va ser el que em vas dir l'última vegada que vaig parlar amb tu –va dir el pare–, que tancaves el bar per sempre, que tornaves a la mar, que no podies...

El pare va parar la frase en aquest punt.

–Que no podia què? –vaig preguntar ple d'angoixa–. Per què no acabes les frases?, què és el que l'oncle Bernardino no podia fer?

–Algú sap on he deixat l'espasa? –va dir l'avi, que anava com sempre a la seua.

L'oncle Bernardino va dir al pare:

–Vols dir que això és el que et vaig dir l'última vegada que vas discutir amb mi –i, en dir-ho, em va semblar que posava èmfasi en *vas discutir*.

–La culpa no va ser meua! –va cridar el pare.

–Aleshores, de qui va ser la culpa? –va cridar també l'oncle.

Vaig veure que anaven a embolicar-se de nou en una sèrie de retrets i d'acusacions que no ens portarien enlloc. Així que els vaig demanar que callaren.

–Vindràs a fer una volta amb la xalana amb Bernardino i amb mi després de berenar? Potser descobrim algun tresor amagat o alguna cosa –va preguntar l'avi a la mare. Ell continuava anant a la seua. Era com si no estiguera allí, com si no sentira res del que parlàvem. L'avi seguia en el seu món de mariners i de pirates, de vaixells i de tresors...

Aleshores parlí jo. I vaig anar directament al que m'interessava.

–Pare, vull que l'avi torne a casa amb nosaltres.

El pare mirava cap a la taula de marbre del bar. Es va alçar i, entrant per darrere de la barra, va agafar una tassa i una botella de vi blanc mentre preguntava a l'oncle: «Encara tens aquell vi blanc tan bo que portaves del poble?». L'oncle Bernardino va afirmar amb el cap, i veient-lo fer tot allò (el pare movent-se pel bar més fresc que una cama-roja... i, per cert, no sé què és una cama-roja) l'oncle no li deia res. Després va seure, i es va servir una tassa de vi. Després de beure'n un glop i de quedar-se mirant molt atent cap a la botella, em va dir:

–Mira, Paulo, probablement el teu avi té clar amb qui es vol quedar. Ja vivia amb nosaltres i se'n va anar per estar amb Bernardino.

–Jo vull anar amb Simbad!

–La mateixa cançoneta de sempre! –i el pare va afegir mentre em mirava–. Paulo, saps molt bé que l'avi no es pot quedar amb nosaltres.

–Per què? –vaig preguntar amb llàgrimes a punt d'eixir-me dels ulls sense permís, una altra vegada–. Per què no poden seguir les coses com estaven fins ara?

–Tinc una trompa nova, algú la vol veure? És preciosa! –va preguntar l'avi mentre començava a regirar per les butxaques de la jaqueta com si, efectivament, hi poguera trobar una trompa.

–Mira'l! Ja no el podem atendre com cal! L'Alzheimer empitjorarà i necessitarà un tractament especialitzat. És així. El teu avi necessita metges, infermeres... reclama una atenció constant les vint-i-quatre hores del dia! –va dir el pare.

–Tu saps molt bé que aquesta no és la raó –va dir l'oncle Bernardino amb una veu seca. Després es va alçar, va anar darrere de la barra, va agafar una altra tassa blanca de porcellana, i agafant la botella que abans havia agafat el pare, va reomplir la seua i se la va beure d'un glop.

El pare es va quedar callat. Va beure també un glop de vi i va tornar a omplir les tasses dels dos.

–Quan el pare arribe del mar, portarà cloïsses i la mare les prepararà amb arròs. Et quedes a dinar, Simbad? Et quedes a dinar l'arròs amb cloïsses que prepararà ma mare? –va preguntar l'avi. La mare li va fer una carícia al cap i va dir que sí, que ens quedàvem a dinar. Després, jo vaig dir:

–Oncle, vull que em digues què va passar l'última vegada que vas parlar amb mon pare.

–Ja t'he dit que això és una cosa que t'ha d'explicar ell.

El pare es va alçar de nou i va caminar molt lentament cap a la porta del bar. Vaig pensar que se n'anava. Però va fer mitja volta.

Va seure a la taula on érem l'oncle i jo. Em va mirar als ulls i em va dir:

–Fa deu anys, quan ma mare, la teua àvia, va morir, l'oncle Bernardino i jo ens vam barallar moltíssim. No vam aconseguir posar-nos d'acord sobre qui havia de quedar-se l'avi i...

El pare no va poder continuar parlant. L'avi s'havia alçat. Vaig pensar que en faria alguna de les seues.

Va seure al nostre costat. Molt seriós. Tenia als ulls una expressió que no li havia vist abans. Semblava més jove. Com si tinguera vint o trenta anys menys. I va començar a parlar-me així:

–Paulo –era la primera vegada en molt de temps que em deia Paulo. Jo, per a ell era Simbad, no Paulo, així que em vaig quedar molt sorprés quan em va cridar pel meu nom, em va sonar estrany, com si no es referira a mi–, fa deu anys, quan la teua àvia va morir, ton pare va dir a Bernardino que m'havia de quedar amb ell. Li va dir que era fadrí i que tenia lloc, i que a casa vostra no hi havia espai per a mi. Jo volia vendre el pis on vivia amb l'àvia. Ja no volia viure-hi tot sol. Hi havia molts records en aquella casa i sabia que no seria capaç de suportar ni la seua absència ni la soledat. Quina llàstima que no hages conegut la teua àvia! Era una dona extraordinària –vaig mirar la cara del pare i em va semblar que somreia un poc. Però un poc només–. Ton pare va parlar amb mi explicant-me la situació tal com ell la veia. Que tenia molta feina a l'empresa, que ara tenia possibilitats de prosperar, que el seu cap comptava amb ell per a tot, i que no podia passar temps a casa. Així que era millor que em quedara amb l'oncle, i com que ens portàvem tan bé... I, certament, m'hauria agradat viure amb Bernardino. Era veritat. Ton pare no s'equivocava. Perquè jo, a l'oncle Bernardino, l'estime moltíssim. L'estime més que a la meua vida. No tant com a tu, però l'estime moltíssim. L'oncle Bernardino sempre ha sigut el meu heroi. El meu germà gran... –vaig veure com l'oncle Bernardino, dissimuladament, s'acostava la mà als ulls... Jo crec que el fort i dur mariner s'estava emocionant amb aquell discurs de l'avi, tan estrany tenint en compte el seu estat, però, sobretot, tan sincer i tan des del cor...–. No sé quants mesos vaig passar pegant voltes d'una casa a l'altra. De vegades estava a casa de ton pare i altres vegades me n'anava amb Bernardino. Però després d'un any, quan va començar la malaltia que ja saps que tinc, quan vaig començar a oblidar moltes coses i a comportar-me com faig a vegades, ton pare va insistir que vinguera amb l'oncle, que havia d'anar-me'n amb Bernardino, que ell tenia espai, que ell no tenia un treball tan exigent com el seu, que ell no tenia temps per a mi, que Bernardino no anava tan atrafegat... a insistir en aquest tipus de coses. Repetia tot el dia la mateixa història, repetint-la sense parar. I cada nit discutíem perquè jo deia que no, que no volia anar-me'n d'aquella casa. I ell seguia obstinat en el mateix. Sé, fill –i ara parlava a mon pare– que vas arribar a oferir diners al meu germà perquè es quedara amb mi –el pare va obrir un poc la boca, i això demostrava que l'acabaven d'enxampar en una cosa molt grossa–, però, ara, tot això ja no m'importa. Bernardino va dir a ton pare que no. I ja està. Ara, vol separar-me de tu i...

Ara va ser l'oncle Bernardino qui va parlar:

–Jo vaig dir a ton pare que no podia ocupar-me de l'avi perquè em tornava a embarcar, que tancava el bar i que estaria sempre fora. Sempre en la mar. Però era mentida.

–O siga –vaig afirmar molt trist– que tu tampoc no volies l'avi amb tu. Per què vas mentir, oncle?

L'oncle Bernardino em va passar una mà per l'esquena. Quasi ningú estimava l'avi. Ni el meu pare ni el seu germà. Quin desastre! En aquell instant sentia tanta ràbia que volia ser gran per poder-me'l emportar amb mi, lluny de tots aquells adults egoistes. Fins i tot l'oncle Bernardino havia mentit per no haver de carregar amb ell quan es va posar malalt.

–Veuràs, Paulo, no va ser així. Vaig mentir als teus pares després que l'avi em diguera una cosa que ho va canviar tot.

Tots vam callar. El silenci era terrible allí dins. Així que vaig preguntar:

–Quina cosa?

–Durant una de les èpoques que l'avi va passar amb mi, vas nàixer tu (ara l'avi va somriure moltíssim; tornava a ser aquell vell feliç que jo estimava tant). El meu germà ja començava a mostrar símptomes que el cap se li n'anava dia rere dia. Ho oblidava tot i feia la mateixa pregunta moltes vegades. Quan vas nàixer, vam anar a l'hospital, els dos, a veure ta mare i a veure't a tu. En tornar cap ací, el meu germà va dir una cosa que em va fer comprendre com havia d'actuar.

–Però què et va dir? –vaig preguntar amb molt d'interés.

–Va dir: aquest és el xiquet més bonic del món. Vull veure'l créixer. Un xiquet dóna ganes de viure. No vull separar-me mai més del meu nét. Vull viure sempre amb ell –l'oncle va fer una pausa i va rematar–. Així que ni amb tu ni amb el meu fill. Jo amb qui vull estar és amb el meu nét i només amb el meu nét.

Em vaig alçar. Crec que plorava, però no em van fer molt de cas perquè no recorde molt bé si plorava o no. Però, que quede clar: si plorava, era d'emoció pel que l'oncle m'acabava de dir. No hauríeu plorat vosaltres si us hagueren dit una cosa així?

–Això no ho sabia –va dir la mare.

–No. Ni ho sabies tu, ni el teu home, ni ho sabia ningú.

–Qui vol jugar a conillets a amagar? –l'avi tornava a aquell lloc d'on tan sols eixia durant uns minuts per aclarir les coses.

–Ningú no ho sabia –va continuar l'oncle–. Excepte jo. Per això vaig inventar aquella mentida –ara parlava a mon pare–, que tancava el bar i que me n'anava. Si aquest lloc ja no existia, t'havies de quedar amb ell per sempre encara que no volgueres. Però ho vaig fer pel bé del meu germà. No per alliberar-me'n.

El pare va tornar a omplir-se la tassa. I va omplir la de l'oncle. Que begueren junts em va semblar un bon senyal. L'avi va dir:

–Si Simbad menja, jo menjaré.

L'oncle Bernardino m'havia dit que feia setmanes que quasi no menjava. Vaig anar a la cuina i hi vaig trobar una truita de creïlles quasi sencera. Vaig agafar dos plats i dues forquetes i vaig seure amb l'avi.

–Mengem, Capità!

–Mengem!

Vaig agafar la forqueta i li vaig tallar la truita en trossos molt menuts perquè la poguera mastegar millor.

–Veieu com sóc capaç de cuidar jo sol del Capità?

En dir-los això, no sé per què, a la mare li van caure unes quantes llàgrimes. Em va abraçar i em va dir que estava orgullosa de mi. L'oncle Bernardino també somreia. Únicament el pare seguia seriós, amb la mirada perduda, sense saber què dir. Però finalment va intervenir:

–Però jo no puc... he de treballar... jo... ell estaria millor en una residència... jo...

Em vaig acostar a ell. Li vaig fer un bes i li vaig dir:

–Saps una cosa, pare?

Silenci. No em va contestar. Així que vaig continuar.

–Quan sigues un vellet i no pugues ni tallar el menjar ni vestir-te ni res, jo, ho jure! –em vaig posar molt seriós en dir eixa paraula–, jo sempre seré al teu costat per encarregar-me de tu.

El pare de poc fa caure la taula quan es va alçar per abraçar-me. Plorava. I, excepte l'avi, que estava gaudint de la truita com un pirata famolenc, allí vam acabar tots plorant.

COM VA ACABAR LA HISTÒRIA DE SIMBAD

L'Avi: Al final i després de tanta aventura i de tanta discussió, doncs resulta que l'avi no viu del tot amb nosaltres. Però quasi que millor. En realitat, el vam convéncer (el més correcte seria dir que jo el vaig convéncer, per suggeriment dels meus pares, a qui els ho van aconsellar els metges) perquè estiguera un poc amb nosaltres i un poc en un lloc que es diu centre de dia, o alguna cosa així, i que és un lloc on l'atenen fins que es fa de nit i ve a casa amb nosaltres, per sopar i dormir. Allí està amb metges fent exercicis de memòria i juga al dòmino amb l'oncle Bernardino, que va a veure'l cada vesprada. I a vegades està bé i a vegades està regular i a vegades... en fi, a vegades està malament. I tot i que sabem que empitjorarà amb el pas del temps, estem un poc més tranquils perquè sabem que ja no s'escapa ni res de semblant. A casa, menja empanada de sardines de la mare com un bucaner. En això l'avi ni ha canviat ni ha perdut habilitat.

L'Oncle Bernardino: Va tancar La Taverna del Pirata. Va dir que ja estava cansat de servir vins i de coure polp un dia sí i l'altre també i que, a més, ja tenia edat per a jubilar-se. Com ja us he dit, passa part de la vesprada amb l'avi, al centre de dia, fent-li companyia i jugant a cartes i al dòmino, i segons el que sembla, li va molt bé per al cap.

A més, com li van demanar els metges, li parla molt i de moltes coses: del que feien quan eren menuts, de les aventures que van viure, li explica el que fa ara, i així, ajuda l'avi a posar-li en ordre la memòria, a distingir les coses, quan és ara i quan són coses que ja han passat... tot això. Potser així anirà millor. L'oncle Bernardino també menja molta empanada de sardines de la que fa la mare. Com que a mi també m'agrada, i al pare també, pense doncs que això deu ser una cosa genètica.

La Mare: Continua sent la millor del món. No a l'hora d'*enxampar-me* les mentides o quan dic que ja m'he dutxat i no és veritat o que fa poquet que estic veient la tele. Quan dic que continua sent la millor, el que vull dir és que continua sent LA MILLOR. Ja m'enteneu.

Maria: La meua millor amiga, com sempre. Quan li vaig explicar la història de la fuga va dir: «Bah!, no va ser per a tant. Una fuga d'unes hores ni és fuga ni és res». Juga a futbol pitjor que jo. Però sempre hi és quan la necessite.

Xavier: Encara està frustrat perquè no li clavaria un gol ni a l'arc de Sant Martí. Aquell que em va fer no compta perquè jo estava desconcentrat esperant el carter.

El Pare: Supose que el que ens va passar amb l'avi el va afectar de veritat. Ara sempre apaga el mòbil tan bon punt entra a casa. Va parlar amb el seu cap. Li va dir que ara preferia passar més temps amb nosaltres i que volia treballar menys hores. I malgrat això, li van oferir l'ascens que tant desitjava i pel qual feia tants anys que lluitava, a veure si queia al parany. Però, sense dubtar-ho, va dir que no. En això va ser llest. Ell (ara) també és EL MILLOR.

El CARTER: Va continuar repartint-nos les cartes a tots els de la finca, encara que mai més me'n va haver de lliurar una altra de tan estranya com la d'aquell dia.

El TAXISTA: Es va malhumorar quan va saber que tancaven La Taverna del Pirata. La seua frase va ser: «I on prendré jo ara les tapes de polp?».

JO: En fi..., no sé què dir sobre mi. Ja sabeu que només tinc deu anys i que ignore moltes coses de la vida, però la mare diu que sembla que en tinga molts més dels que tinc. No per fora, sinó per dins. Supose que ho diu per la maduresa que vaig demostrar quan va passar allò de l'avi... No ho sé... Jo només sóc Paulo però, si voleu, podeu dir-me Simbad.

ÍNDEX